我与孙犁

WO
YU
SUNLI

耕堂阅见集

卫建民 著

天津出版传媒集团

天津人民出版社

图书在版编目(CIP)数据

耕堂闻见集 / 卫建民著. -- 天津 : 天津人民出版
社, 2022.7(2023.4重印)
(我与孙犁)
ISBN 978-7-201-18586-6

Ⅰ.①耕… Ⅱ.①卫… Ⅲ.①回忆录—作品集—中国
—当代 Ⅳ.①I251

中国版本图书馆CIP数据核字(2022)第103773号

耕堂闻见集
GENGTANG WENJIAN JI

出　　版	天津人民出版社	
出 版 人	刘　庆	
地　　址	天津市和平区西康路35号康岳大厦	
邮政编码	300051	
电子信箱	reader@tjrmcbs.com	

策划编辑	宋曙光　　张素梅	
责任编辑	岳　勇	
装帧设计	汤　磊	
封面题签	赵红岩	

印　　刷	天津新华印务有限公司	
经　　销	新华书店	
开　　本	880毫米×1230毫米　1/32	
印　　张	6.5	
插　　页	1	
字　　数	70千字	
版次印次	2022年7月第1版　2023年4月第2次印刷	
定　　价	46.00元	

总　序

宋曙光

　　几乎有将近一年时间,我内心一直埋藏着一个心愿。说是心愿,是因为不知道能否实现,所以一直存放在心里,有时会突然涌上心头,暖暖地让我一阵激动。去年夏天,孙犁先生逝世的第十九个年头,这个心愿竟有些按捺不住了,无时无刻不在搅扰我的心绪,像是在催化这个心愿能够早一天实现。

　　孙犁先生作为《天津日报》的创办者之一、党报文艺副刊的早期耕耘者,无疑是我们的一面旗帜。在新中国文学史上,孙犁以他独具风格、魅力恒久的文学作品占有重要地位。他在文学创作、文艺理论、报纸副刊等方面,均有丰厚建树。在孙犁病逝后的转年,也即2003年1月,天津日报报业集团为孙犁建成的汉白玉半身塑像,便矗立在天津日报社大厦前广场,铭文寄托了全体报人的共同心声：

> 文学大师，杰出报人，卓越编辑。任何人只要拥有其中一项桂冠就堪称大家。但孙犁完全超越了这些。这种超越还在于他人格的力量。八册文集，十种散文。从《荷花淀》到《曲终集》，孙犁的笔力在于他以平静的文字和故事，展现的是一个民族、一个政党、一个作家在残酷战争岁月的良知和良心；孙犁的心力在于他以冷静的笔墨和感情，记述的是一个民族、一个政党、一个作家在荒唐动乱年代的感觉和感悟。所有这些都奠定了孙犁作为文学大师的不朽地位……

痛失共经风雨的老编委、老顾问、老前辈，的确是一份无法承受的沉痛。二十年前那个飘雨的送别之日，每一位吊唁者都嗅到了荷花的清芬。夏雨中，无限的哀思被打湿、融化，沁入此后绵绵难舍的日月之河……孙犁先生离去之后，我常常与他的书籍为伴，这是逝者留下的唯一财富。打开它们就一定能有所收获，在纷扰的尘世中，每一次阅读都会有新的感知，有时竟读出了一种心静、释怀、豁然，不愿与浊流同污，不弃初志地向往纯真与高洁，有时还会沉浸到年轻时默诵的诸多名篇的意蕴之中……似乎孙犁仍旧陪伴着我们,感觉不到岁月在流逝。

孙犁先生去世后的这二十年间,有关孙犁著述的各种版本,仍在不断地出版发行,多达二百余种。喜欢孙犁的读者会发现,这些作品常读常新,没有受到时代的局限,文学的力量依然直抵人心,陶冶和净化着人们的心灵。孙犁没有离去,仍在自己的作品中活着,而活在作品里的作家终究是不朽的。

从2010年至2017年,在我主持《天津日报》文艺副刊工作的那些年,每到孙犁先生的忌日,我仍然会在版面上组织刊发怀念文章。延续这一做法的目的,就是为了宣传孙犁、纪念孙犁、传承孙犁,而且不惜版面地推出专栏、专版,也是为了日后能够保留下来一批翔实而有分量的作品,为孙犁研究提供具有学术价值的重要文献。这其中还有一个原因,那就是在我有了行政职务之后,也仍然身兼"文艺周刊"编辑工作,不计分管的版面有多少、日常工作量有多大,也一直没有脱离编辑一线,有了好的想法、创意就尽快落实,在版面上策划的有关孙犁的重点篇章,经常是亲力亲为。同时,对于一些带有偏颇或有损作家形象,甚至失实的文章,都被我们无一例外地拦住了,这是《天津日报》文艺副刊应有的职责与担当。那些存有较大疑点,或是内容待考、硬伤明显的稿件,宁可不发,也不能任其谬误传播,造成不良后果。所有这些,今天想起来,仍觉得这种认真是值得的,对得起我肩头曾经的这份责任。

孙犁先生去世二十周年,是一个重要的时间节点,应该编出一部重头的、具有纪念意义的大书。早在孙犁百年诞辰期间,我就萌生了想编一部纪念合集的想法,并已经做好了前期准备,但因为时间和精力的缘故,最终未能如愿。这个遗憾埋在心里,慢慢地便转化成为心愿,那就是等待和寻找适宜的时机,编纂一部真正高水准的书籍。

2022年是孙犁离世二十周年,就是一个极好的契机。这部书或许是一本、一套?经过反复构思、设想、完善,终于有一天,这个孕育已久的优质胚胎,逐渐地现出了雏形。它似乎应该是成套装、多人集,还应该是那种秀气的异形本,淡雅、清新、韵致、温馨、耐读……

当这个构想逐日接近成熟,便需要考虑哪家出版社能与这个创意相契合。而在此之前,必须先期约定好几位作家,首要条件是他们都要与孙犁有过交往、自己有相关著述,并且认真而严谨地对待文字。其次,他们与《天津日报》文艺副刊有着亲密联系,属于老朋友。这些,都是入选条件。我在自拟的名单上慎重而审慎地圈出四位作家,然后与他们逐一作了沟通。我预感他们一定会真心地考虑，并同意和支持我的倡议，这里面当然包含他们对孙犁的景仰。果真如此，当他们听到我真诚的邀约，不仅一致表示看好这个选题，而且在现时出版极为困难的境况下，他们都有着非常乐观的预期。

我想这套书理应留在天津，便去找了天津人民出版社。那座熟悉的出版大楼里有多家出版社，以前也曾有过很多朋友，但这次我却选择去了天津人民出版社。将同几位作家说过的话，又极其认真地复述了一遍。我认为说得不错，重点突出，还带有明显的个人感情。前后不过几十分钟，出版社编辑完全听进去了我的推介，承诺一定会慎重地研究这个选题。早在1957年1月，天津人民出版社便出版了孙犁的《铁木前传》，这是这部中篇小说最早的一个版本。此次他们将再续前缘，牢牢地把握住这次难得的机缘，当选题顺利批复的那一刻，足以证明他们的眼光和魄力。这套丛书不可否认地将会成为近二十年来，孙犁研究领域的最新成果，当令文坛所瞩目。

我跟几位作家通报信息时说，这套纪念孙犁的书籍倘能如愿出版，我的辛苦是次要的，首功应该记在天津人民出版社身上，是他们的视野和胆识、气度与格局，成就了这套书。他们以精细的市场调研、论证，高度认可了这个选题的原创性和独创性，将在孙犁先生去世二十周年之际，出版一套由五位作者联袂完成的怀念文集,为孙犁先生敬献上一束别致的心香。

这五位作者和他们的著作分别为冉淮舟的《欣慰的回顾》、谢大光的《孙犁教我当编辑》、肖复兴的《清风犁破三千纸》、卫建民的《耕堂闻见集》和我的《忆前辈孙犁》。我之所以向天津人民出版社推荐这几位作者,盖因他们都与孙犁有过几十年交谊,通过信件、编过书籍,在各自的领域里深读孙犁,成就显著。还因为我们之间相互信任,自1979年1月"文艺周刊"复刊后的这几十年,历任编辑辛勤耕耘,被他们认为是最好的继承。我书中"文艺周刊"这部分内容,就是想通过与老作家们的稿件来往,写出孙犁对这块园地产生的巨大影响,为孙犁后"文艺周刊"时期的研究提供最新史料,也为学者早前提出的"'文艺周刊'现象"提供更多佐证。可以说,这五本书都试图以各自独有的洞见,写出与众不同的孙犁、永远写不尽的孙犁,其情至真,其心至诚,其爱至深。

巧合的是,我们这五个人都曾有过编辑工作经历。他们几位更是熟稔编辑业务,对待文字有着超乎寻常的热爱、执着和认真,在整理作品、遴选篇目、编排顺序、采用图片等环节,他们的严谨、慎重给我留下很深的印象。还必须强调一点,那就是这套书均采用散文笔法,较之那些高深的理论文章,更适合于读者阅读与品味，因为书中写的是人，是生活中的孙犁，有着亲切的现场感。此外，在我们的写作经历中，多数人还从没有单独出版过有关孙犁的书籍，这是第一次。而像这样的合作形式别无仅有，几本书讲述的虽是同一个作家，但又绝不雷同，反倒因为作者不同的身份和经历，相互印证，互为弥补，使书的内容更显丰满与多彩。

若说策划这样一套书，算得上是一个工程，几本书的体量还在其次，关键是要集齐书稿并使它们融合为一个整体，在内容及体例上趋于一致。在只有几个月的时间里，我们需要一起努力地往前赶，有人需要查找旧作、增添新篇，还有的需要重新校改原稿，表现得极为认真。

那些日子，我天天在电脑前忙到很晚，但心情却是愉快的。全部书稿都是先阅看一遍后，再传到出版社编辑的邮箱，尽管有时已近半夜，但我不想在时间上造成延误，而我们这些合作者，都是按时、按要求交稿，从未拖延。这使得我和这些作家朋友，有了更多默契与话题，他们都曾是我在《天津日报》文艺副刊工作时结交的重要作者，与我们的版面保持着多年联系，也因为这块副刊园地，曾是孙犁先生当年躬耕过的苗圃，让他们感受到无尽的暖意。

在成书的最后阶段，天津人民出版社将丛书名定为"我与孙犁"。由此丛书名统领，我们这五个人笔下的孙犁，展现出了一幅较为全景式的孙犁全貌，这一形式之前还不曾有人做到。由此，我想到孙犁晚年"十本小书"最后一本《曲终集》，在书的后记中，孙犁曾引诗曰："曲终人不见，江上数峰青。"时在1995年，距今已有二十七年，其寓意可谓深矣：往事如云情不尽，荷香深处曲未终。

这五部书稿，原都有各自的序言或后记，但承蒙朋友建议、出版社要求，需要有一篇统摄全书的总序，我推脱不掉，只好勉为其难，谨将我们这套丛书形成的起始动因，作了如上说明。读者朋友在阅读书籍时或可作为参考，并请不吝指教。

特别感激几位作家朋友的倾情襄助，像这样真诚的文字交往并不多见，联袂出书这种形式更是难得。同时感谢天津人民出版社的鼎力支持，是他们帮助我——我们一起实现了这个心愿：在孙犁先生去世二十周年忌辰，我们齐心携手，各自以一本浓情的小书，共同敬献给孙犁先生，告知后辈的心语、已经传世的作品、一年比一年情深的荷花淀水……

2022 年 3 月 22 日初成

2022 年 5 月 29 日定稿

目　录

序

　　文学作品的生命，从接受美学的理论解释，是由读者来完成并由读者来投票决定的。孙犁在世时说过，他的作品可能只有五十年的寿命。这种说法的根据是什么？他没有补充说明。不过，《荷花淀》发表已七十八年，《铁木前传》已发表六十七年，直到今天，还有学者在研究，还有无数的读者在读，他留下的文学遗产，保值增值，没有贬值。他对自己作品寿命的保守估计，已被时间证明是错误的判断。

　　今年是这位20世纪的中国作家逝世二十周年。还在去年，《天津日报·文艺周刊》的接力者宋曙光先生就提议，要在纪念孙犁逝世二十周年时，由我们几个人各编一本小书，作为一束小花，献给孙犁在天之灵。《天津日报》的这块文学园地，是孙犁和他的同事共同开发耕耘的沃土,七十多年间,从这里走出许多著名作家,成为全国知名的品牌。孙犁为这个园地付出的心血,已为全国读者和作者所了解。曙光先生是这块园地的后继者,也是在孙犁的旗帜下精心经营这块园地的名编。所以,纪念孙犁,也是对"文艺周刊"的回眸。我作为这个园地后期的外地作者,作为孙犁的读者和业余研究者,理应遵命,响应曙光先生的提议。

早在二十多年前,我给上海一家报纸写过一篇谈孙犁的短文,其中有句话说:"采访孙犁的文章已有不少,研究孙犁的论文时而出现,但孙犁研究还没开始。"孙犁看到这篇短文,曾笑着对谢大光兄说:"那就从建民开始吧!"我在这篇短文里提出孙犁的创作分四期,老人家问我四期怎么分,我写信告诉他我的初步想法。他认为有道理,曾鼓励我写篇论文。要从理论上展开研究孙犁的作品,我的准备还不够,就先把这篇未完成的文章搁下了。近年,我已集中精力进入孙犁的世界,我要尽快写出自己理解的孙犁,完成老人家在世时的嘱托,让读者看到一个奇异的精神文化现象,为我敬爱的前辈立传。

本集中第一篇《去见孙犁》,是我第一篇写孙犁的作品。文章写好后,我曾寄到天津,请他过目,他读过后,用红铅笔改动几个错别字,写下"看过"二字退给了我。我将文章寄给吴泰昌先生，他发在《散文世界》，我高兴了好几天。这篇幼稚的习作，完全是一个文学青年对前辈的顶礼膜拜。我写作时，既兴奋，又小心翼翼，生怕有不妥当的地方。好在，我熟读孙犁的作品，登耕堂求教，有话可说。往后多年，我还写过几篇谈孙犁的文章，大都是读过他一个时期的新作后，以读书心得、在场采访的形式，跟踪研究孙犁。为了保存及向学术界提供一点资料，我曾将孙犁给我的六十几封信发表在《新文学史料》，这次亦收入集子，希望更多的读者能看到。在互联网时代，手写的书信几乎灭绝，这些反映一个老作家思想、读书、写作活动的书信，是孙犁作品喜爱者的辅助读物，也是从一个侧面了解孙犁的资料。

孙犁逝世后，二十年间，他的作品继续被编辑出版，以各种形式广为流传；研究孙犁的文学道路，重新评价孙犁在现代文学史的地位及影响，在学术界有可观的成果。我要特别指出的是，以老革命、老作家的资格，在社会转型期能活出自我、从不迷失的孙犁，他的坚守知识分子的尊严，淡泊名利的处世风格，他的"干净"，他的出淤泥而不染的"荷花操"，更是一本读不尽的大书。我们读文学书是为了什么呢？不就是为了改变我们的精神世界，让人活得更像个人吗？孙犁接受过传统教育，又在革命队伍里淬炼，他做人的风范，像他的作品一样充满无穷的魅力。

感谢天津人民出版社。我曾是你们的读者,买过不少你们出版的书,印象最深的是冯友兰、顾颉刚等先生的文集,还有《王瑶先生纪念集》。为纪念孙犁,我编辑这本小书,第一次成了你们的作者。

是为序。

去见孙犁

一扇斑驳的绿色旁门上，涂着这样几个酱色的大字："谨防小偷，闲人免进。本院不准捕捉蜻蜓和蟋蟀。"

要是在别处，我看到这样的告示并不奇怪。我们的生活中，"打倒"一类的痕迹，雨擦风磨，渐渐消退；"谨防"一类的小告示，取而代之，触目皆是，我不知见过多少！这也是种因果报应吧。

但我这是站在孙犁的大门前！这是他那座大杂院门前的警告。曾经在秋天的山村，自由地听过"能把村庄抬起，能把宇宙充塞"的蟋蟀合奏的芸斋主人；曾经在延安、在"远道"上体验过人与人之间至善至美的情感的孙犁，如今关在这样一堵铁门里，该当何想？推门进去，影壁下是一个盛满炉灰和垃圾的空油桶。原为假山绿树的花坛,乱七八糟,成了废墟。我在院里缓步,蓦地听见了远空的钟声;惶然四顾,顿觉身心浸在荒老、寂寥之中。那是海关的钟声呢,还是晚祷的钟声?

拾级而上,低头入室,一方擦得明净的地板,悉然在目;扑面而来的,是一派整饬。我跨进了另一个境界。

中年时期的孙犁(摄于天津多伦道旧居)

孙犁穿着深灰色中式上衣,戴着黑色袖套,面容白皙、清癯,浑身一尘不染。窗外的白光反射在他的老花镜上;正面而坐,我看不清他的眼睛,但那"一双笼着水光的眼睛",早已映照在我的心底。他的头略微一侧,犀利、冷峻的目光和腮上突起的肌腱就闪露出来,这是老年孙犁独有的特征,我在《晚华集》的小照上也看到过了,那是一帧最传神的摄影作品。

"这几年,"我说,"在您所有的散文中,《鞋的故事》,是情绪最好的一篇。"

"对!"孙犁强调地说,"你的感觉很好。"停顿少许,他又似在追忆地说,"有那样的情绪,真不容易。"

《风云初记》中,"我又问,"变吉哥因'表现不出那支配一切、决定一切的、蕴藏在女孩子内部的那种精神'的内心苦斗,那一大段话,是您自己写作时的心境吗?"

"是的。"孙犁睁大微闭的眼睛,看了我一下,说:"你的感觉不错。"

我反复读孙犁的全部作品,随手记下了一些心得,藏起来,羞于示人。总觉得,正儿八经评判作品,是理论家的事,我点点滴滴的感受,缺乏理论根据,不成系统,怎敢让人知道?得到了他的认可,我的胆子大起来,便接着说:"您是个主观的作家,但不是王国维'不必多阅世'意义上的主观;偏偏是阅世深了。您不能冷静,哪怕是只言片语,也带情感。"

孙犁仰起头来,思索了一会儿,肯定地说:"有道理! 王林同志也说过,孙犁就是给人写信,也有感情。""是'给一位未到会的参议员'那个王林吗?"我问。

"是的。"孙犁说。

"我老不理解，为什么评论界不注意《钟》?"我说，"从'那些幸福的人，那些红媒正娶有钱有主的人'开始，那两大段，真动人。""对，那有感情。"孙犁说，"《琴和箫》你读过了吗?(我点点头)那也有感情。"

"《山地回忆》,"我问，"有的说是散文，有的说是小说，您同意哪种说法?"

"嗨!"孙犁摆摆手，"他们想说是嘛，就是嘛。我是当小说写的。"

"你把你的看法写出来，"孙犁鼓励我，"如果他们不用，看提些什么意见。我不是要你吹捧我。(我赶紧说:您不需要吹捧)有些写我的文章，老是'诗情画意'呀，'行云流水'呀，人云亦云，没有自己的见解。"

"而且，"我说，"几乎每一篇都要谈《荷花淀》。"

"哈哈!"孙犁仰头大笑，露出了洁白的牙齿。

"哈哈哈!"他的笑真迷人。"写一个作家，要读他的作品，联系时代，想一想。"孙犁接着说，"写我的文章，我觉得吕剑同志那篇，和铁凝在《文汇报》上发表的，比较好。吕剑那篇，我附在了小说集后。"

在《村歌》集里，我读过吕剑的文章。铁凝写的，虽未读到，我想自然不会错。"有一个多月了，我没写什么。没有情绪。"孙犁说。

"要写写丁玲同志了吧?"我问。"已经写啦，"孙犁说，"也没有什么感情了。有一个青年来说，全是白描。"

孙犁"没有感情了"?

回到北京，找见报纸，我赶紧看了两遍《关于丁玲》。我不同意孙犁的说法。不是没有感情，而是感情沉到了平实的记叙底下，有如长江流水，上缓下急。

体味孙犁的作品，我浴在情感活水里。他是生活在情感世界，靠情感维系自己的艺术生命，又是以自己的情感打动人心的作家。因此，我说孙犁的所有作品，都可当散文来读，没有必要用死的概念强行分类。这样讲，并不会降低孙犁的文学成就和在文学史上的地位，恰恰是找到了他的艺术特征。

他的情感的表现，是节制的，净化的。因有节制，便呈强烈、有度;因有净化，便呈美丽、精纯。不管是长篇《风云初记》，还是铭言式的《书衣文录》;不管是短篇散文，还是书函、杂谈，求全责备的尺子可以说它们缺这少那，但没有只言片语缺感少情。而且还有这样的情况:他愈写得短，情感便愈浓。他愈是克制情感，情感愈是意味深长。棉籽经压榨才滴油，也是这个道理吧。

唯具有"属于自己的世界"的作家,才配得上作家这个称号。孙犁是有"属于自己的世界"的。不过,要将他的世界揭示出来,打造成几朵"金蔷薇",我们还得继续做工。

契诃夫在《女人的王国》中,借勒塞维奇之口赞叹莫泊桑:"哪怕是他最差的作品也会迷住我,使得我沉醉! ……要想被他迷住,就得品他的滋味,慢慢地吸吮每一行的汁水,喝进去。……你得把他喝进去才成!"我就这样"喝"了几年孙犁的作品,由此理解了"读好书,养成纯正的文学趣味",以及"感情也需要营养"这两句话。

做事情,我也是没有常性。但从1981年,从《小说与伦理》起,我就坚持剪报,搜集孙犁发表在所有报刊上的新作,于今已两厚册了。有时候,我还把自己的享受分送给朋友,生怕远水不救近渴,他们喝不到。发表在《天津日报》上、给李贯通的长信,是"耕堂函稿"中少见的,谈尽了为人为文的道理,我曾复印几份,分寄友朋,怕他们及时看不到地方报纸。

十年来的文坛,起起伏伏.热热闹闹,混杂着许多声音。我从孙犁和巴金的声音中,辨识出了作家的良心。从他们印下的足迹中,找到了自己的基点。

"可以写了。"孙犁问了我的年龄,"干点事业。"我体会着这句话,离开了美好的境界。

院子里又粗又大的白杨,树冠蔽天。长毛虫似的棕色穗子,挂满树枝。

　　春天来了。

1986年3月

又见孙犁

"建民,咱们合个影吧,"孙犁说,"赶紧合个影。见一次就少一次。"

我说:"您总是不停地'总结'自己。"似乎不必替贤者讳了。这些年,孙犁常在作品中透露死的消息,正如他自己说过的:"余信天命,屈服客观。"大作家都在自己的作品中预言死亡,但他们告别世界的方式又不尽相同,年复一年,孙犁爱说:"我老了。"他在对自然法则认可的同时,对生命充满了深深的眷恋。

他取出几听"健力宝"招待我们。我稍觉意外,问:"您怎么还有这个?"他笑着说:"报社送来的,我也不喝这个。"我说呢。在现代生活中,若能从"芸斋"发现一点现代物质文明的

孙犁与卫建民在多伦道旧居合影（1987年）

成果，总是让人感到新奇。"我老了，既不想买什么，也不想卖什么。"

我启开"健力宝"，又放回几上，半天顾不上喝。坐在孙犁面前，聆听他少用副词、断断续续的谈话，就是难得的招待和享受。我甚至感到，这里的空气都是澄澈、纯净，没有污染的。"你再写写诗，写写小说，"孙犁说，"光写散文，就像我以前说的，不能多产。""诗……很难吧。"我说，"小说，是想试试。""四五月份，我写了七篇小说。"孙犁说着，拿出两张报纸，"你拿去看看。"

我看了《芸斋小说·杨墨》《风烛庵文学杂记》。第二天，孙犁给我写字,大抵怕我独坐冷清。又取出一叠稿子来,说:"你看看我新写的这篇小说。早晨起来,我还在改。"我接过来,读了《芸斋小说·宴会》的初稿。我说:"您这也是回忆录。"孙犁说:"是。我现在,是什么,就写什么;没有什么想象了。这篇小说,我还想请一些老同志看看,因为它涉及冤假错案问题。"

我脑子里翻转着"求是"二字。又突然想起他昨天让我们挑选的字幅,多是《吕氏春秋》章句,便说:"探索了一辈子,一些基本思想,又回到了古人那里;好像早先的航海者,转了一圈儿,又回到了原地。"我又说了杜甫的诗"篇终接混茫"。又想起小提琴家梅纽因常携带老子的《道德经》到各地演出;前法国总统吉斯卡尔·德斯坦也爱读老子。其实,我在读书中也曾惊异,有些几千年前的人,有些思想比我们现代人还要新,这真使我迷惑,甚至使我丧气。

"回到古人那里",能说是"落伍"吗?孙犁笑着说:"是呀,是呀。鲁迅也是这样……我给张志民同志寄去两首诗,我不一定想让他发在《诗刊》上;他发出来了。有一句是:我什么都不相信。"

"相信"什么是容易的。宗教教义和宣传灌输的作用,就是让人坚信某种人化的偶像,以及并不存在的"实在",并且让你感到你是为世上绝无仅有的"高尚"事业献身。这样的信徒，生为中国人，更不会陌生。但是作家总应该有自己的思想，说自己的话吧。

我理解孙犁的"我什么都不相信"。

我私下认为，写于20世纪60年代，二十年后才得以发表的《黄鹂》，是孙犁美的宣言书，也是他前后作品的分界线。自此以后，孙犁的思想破茧而出，达到了艺术的自觉。十年间的七本新作就是他的结晶。随着健康状况的不佳和对生命本体的认识，孙犁达到了生命的自觉。"我不愿和任何人、任何事，再作无聊的纠缠。"他要"面壁南窗，展吐余丝"。

他前期的创作，包括一些最优秀的作品，如《铁木前传》，我在学习中发现，他在创作时稍有不自由的阻碍。我把这一想法告诉了他。"《铁木前传》，受了您所学过的社会科学知识的影响。"我说，"您说过这部作品是要探求进城以后人与人之间的关系，但写开以后，就由不得您了。再说，这方面的作品，这一时期有萧也牧的《我们夫妇之间》。《铁木前传》的价值和意义不在这里。"孙犁笑着说："那时候政治上要求你那样……是呀……政治经济学。"

写到这里，我翻到了今年某天的日记：

又读了一遍《铁木前传》。孙犁在说明新旧生活中人与人之间的关系变化时,自觉或不自觉地运用了他学过的社科知识,企图用存在决定意识的观点对它作出明晰的解释。在对黎老东的描写上,这种急于得出结论的笔墨已到了露骨的地步。这就阻碍了人物的发展。他的知识限制了他。

他在对生活中难以理解的现象发问时,他执着探求生活和艺术的诚挚感就酿成了诗。

这只是我读后的一点理解,不是文学评论,即使是评论,也属于19世纪式的实证主义的评论,很落后了。

到了后期,即以《晚华集》为滥觞,孙犁的作品出现了一个全新的天地!先天的禀赋,生活的积累,长期的修养,在这一时期最大限度地挥发。尽管他一贯谨慎,但进入创作状态后,他就很少有顾忌;作家的良心驱使着他的笔。他的话也许不入耳,不入时,但他绝对不说假话、空话。"子不语:怪力乱神。"他自己也明白表示:"我老了,我只愿意说些切实的话,说些通俗易懂的话。"至于这些"话",这十年七本书的艺术价值,就不是三言两语能够说尽的,何况孙犁还在写,今年上半年的生产情况又特别好。

忘记是从什么书上读到这样一句话:"人的性格就是人的命运。"我读孙犁的书,了解他一生的历史,知人论世,觉得这句话对他也适用,便对他说:"您的性格就是您的命运。"他侧耳凝神,说:"你再说一遍。"我再说一遍。"哦……名言呀!"他有点激动,"不过我理解的也许和你不一样。我有时就想,和我一起的人,许多人死了,为什么我就不死?"

他又在参悟"死",但我不愿意引他过多地谈论,也不敢让我敬重的前辈知道,我的文具盒里,常年插着自己作为座右铭的一副对联,是印光法师的:

"道业未成,致使此心散乱;死期将至,力辞一切应酬。"

这是我第二次会晤孙犁。从北京到天津,我看了一路的雨色。次日雨住,我来到他泥泞的大院里,来到他花木勃发的阳台上,来到了"耕堂"。

"屋子没漏吧?"我问。

"漏哩。"他抬手指了指天花板西角。

1987年7月

人必须先说很多话
然后保持静默

——贺孙犁八十五岁华诞

今年5月1日，是孙犁同志八十五岁华诞。十几年间，每逢这个日子，只要我不出差在外，总要去天津看看他，同他在一起吃顿俭朴的生日午餐。他一生没进过热闹场，从没享受过隆重的生日祝福。

20世纪80年代，是孙犁文学生涯的高峰期。他不仅写了大量短而精的散文、小说、文论、读书记，以创作实绩塑造着一个作家的形象，还对青年后进的创作倾注了无私的热情和关心，为新时期的文学潮流击鼓助威。今天活跃在文坛的中青年作家，至少有十几人，直接受到过他的鼓励和提携。他对后进的关注，完全从个人的审美观出发，忠于艺术良心；对优秀的作品，赞赏之辞溢于言表，对有交谊且又创作进展不大的作家,常常着急、惋惜。他的文学成就,他对整个文学事业的关心,他淡于应酬、不趋荣利的高尚品德,他在社会激变中捍卫文学和人的尊严的大无畏精神,受到了文学界的普遍尊敬。

早期的文学史教科书,孙犁是不入专章论述的。他的名字,往往与三四个同时代的作家并列,被大学中文系教师捎带提及。如果没有1976年后的历史变革,这个位置似乎就铆定了。但他后期的创作势头,大大改变了自己在新文学史上的位置,异军突起,令同时代的作家吃惊!原来,新中国成立后长期患病,足不出户,几乎被文学界忘记的那个孙犁,还潜伏着如此深厚的宝藏,还有如此旺盛的创作火力!天津这座城市,因孙犁的存在,产生了持久的文化重量。

八卷本《孙犁文集》,还有未辑入集的百万字作品,为他的文学生涯画了一个圆满的句号。他的文学思想成熟时期,正逢国家的改革开放;他的创作,主体性更鲜明,艺术上更纯熟,已完全进入自由王国。因此,决定他文学成就的后期作品,每一篇都经受得起时间的检验。每年的创作收成,他辑为一小册,书名也起得高古深远;他这本小书的分量,读者心里有杆秤。研究他的文学生涯,探寻他的"后劲"何在,就要注意他近三十年孤独寂寞的生存状态。

新中国成立前夕,他也怀着喜悦,在炮声中开入新生的城市,以作家的身份抒写对新社会的热爱,对战争年代的诗意回顾。像其他作家一样,他去学校讲演,去工厂谈创作,辅导文学爱好者,自觉把文学当成集体的崇高事业。对于他这样一个敏感的作家,很多事情的变化使他感到困惑;读者的审美趣味也开始变化。在五六十年代,写不出粗糙而故事吸引人的小说,作家的身份和地位将受到怀疑和影响。他没有奇特的经历,难以演义小说;又受文学修养的制约,坚持自己的审美观。因此,他呕心沥血写出的长篇《风云初记》、中篇《铁木前传》,理所当然地受到冷遇,甚至招来批评。

茅盾先生曾在一篇文章中提及他的长篇,谈的是艺术特色,入围的原因实际是小说题材。今天,《铁木前传》已被公认是中篇经典,当年发表后也曾受到像黄秋耘先生那样有很高审美能力的人评介,但她显然早产,生不逢时,违背了那个时代的大众趣味。艺术良心同时代风尚发生激烈冲突,使得由"五四"新文学启蒙的作家产生了巨大的苦恼;再加上人到中年时的内心情感冲突,外寒内热,孙犁生病了。

中国山水和经籍是个谜一样的庇护所。那些年,孙犁因病得闲,徜徉于湖海山岳之间,沉溺在与时代格格不入的线装书堆里,从养病旅行和读书中得到了惬意的安慰和实在的营养。当一些作家风头正健,一些作家中箭落马时,孙犁却在故纸堆里安然停泊,缆舟于传统文化的大树,博览群书,自在逍遥。在经历相同的作家中,很少有人像孙犁那样广泛涉猎古籍,从传统的源头活水吸取丰厚滋养。

1996年以后,他很少写作,如今则彻底封笔了。1996年的5月15日,我去看望他,临别时,他拉着我的手,眼里噙着泪,说了他的烦恼。作为晚辈,我不知该说什么,只祝他健康第一。三年了,他几乎与世隔绝,什么也不看,什么也不写,只在一本过期杂志上写些人名——他能记住的一个个人。

冯友兰先生的《中国哲学简史》最后说:"人必须先说很多话然后保持静默。"当初读到这句强有力的收尾,真使我惊心动魄!一个思想的头脑、智慧的头脑,总要经历从复杂到单纯、从多到一的过程吧。孙犁今年八十五岁了,"仁者寿"啊;但他不再说话。

我想念他!

1998年1月11日

我看《荷花淀》

一篇经典的文学作品,就是一处永恒的风景。隔上一段时间,旧地重游,这处恒在的风景仍给予你扑面的新鲜感受;而这篇作品的字数无增无减,结构依然,如佛拈花微笑,一语不发,跌坐莲花台上看着你的看。

二十年来,我研读孙犁同志的《荷花淀》,就有这种感受。短篇小说《荷花淀》,字数不足五千,发表年月距今已半个多世纪。在浩如烟海的、以第二次世界大战中国战场为背景的文学作品中,为什么这篇短小的作品有如此长久的生命力和艺术感染力?

研读《荷花淀》,嗅觉不能离开荷花的芳香。"那一望无边际的密密层层的大荷叶,迎着阳光舒展开,就像铜墙铁壁一

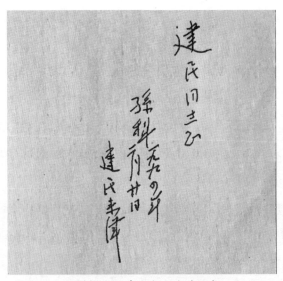

孙犁送给卫建民散文选并题字

样。粉色荷花箭高高地挺出来,是监视白洋淀的哨兵吧!"《荷花淀》的故事是在芦苇、荷花、菱角、水淀中展开的。作家写到这种植物和它们赖以生存的水淀,亲切细腻,弥漫着淡淡的怀念之情。荷花和水淀,在作品中象征着中国的大好河山。她们美丽富饶,此刻饱受铁蹄的蹂躏,连妇女探亲的木船也躲不开敌寇的侵扰。侵略者在毁灭中国的如画河山,也在破坏白洋淀男女的和平生活。但柔弱的荷叶能成为铜墙铁壁,荷花箭能成为警惕的哨兵;美和邪恶在较量,荷花如不倒的战旗,仍挺立飘扬在中国北方的白洋淀。在作品中,荷花与人物、情节交融在一起，产生有机的联系。《荷花淀》里的荷花，不是游离于作品之外的风景描写。

这篇小说还有个副题"白洋淀纪事之二"。我在研读孙犁以抗战为背景的作品中，感到他可能有个计划，要以白洋淀、抗日战争为巨大的时空，写出一批男儿英烈女刚强的故事。我写信求教，作家回信说："所问《白洋淀纪事》当时有无计划？初到延安，我写了《五柳庄纪事》（现在文集中有《村落战》一篇），好像未成一组。后写《荷花淀》，又称《白洋淀纪事》，对纪事一词，好像很有兴趣，也许是不便称为小说，是报道性质。当时也可能想写一组，但战争年代，什么计划也谈不上，不久日本投降，我就离开延安了。直到回到家乡，才又去白洋淀，写了《采蒲台》等数篇，就是人文后来出的《荷花淀》小书一册。我只在同口教了一年书，平日也不出校门。抗日故事是听来的，所以有人说，我的小说，'想象'成分多。其实，《荷花淀》等篇，是我在延安时的思乡之情、思亲之情的流露，感情色彩多于现实色彩。""思乡之情、思亲之情"，——我豁然开朗。《荷花淀》发表于抗战胜利前夕的延安。中国人民在长达八年的战争中，流离失所，有家不能归，谁不思念远方的亲人？作家欲在创作中满足回家的愿望，但"国破家何在"？——《荷花淀》能在发表之初就引起热烈反响，关键在于作品表达了全中国人民渴盼抗战胜利，"青春作伴好还乡"的愿望，创造了一个受侵略的民族的梦想。一望无际的荷花淀，是四万万同胞失去的美丽家园；水生和淀里的男人们，是所有读者的兄弟；结伴去淀里看望"自己的狠心贼"的妇女们，就是所有读者的姐妹和妻子。白洋淀——北国的水乡，水波空结乡愁，打动了黄土高原上万千读者的心，轰动了当年的延安城。据一位作家回忆，连住在窑洞里的毛主席，从《解放日报》读到这篇小说，也击节称赏。

战争题材的文学作品，都面对着现实功用和超越价值的问题。有不少参加过实际战斗的军队作家，能写出很真实的战争场面，火光冲天，腥风血雨，尸骨如山，为一次次战役留下了珍贵的历史画卷，在当时产生过重大影响。《荷花淀》里的一次小战斗，不能代表残酷的战争和可歌可泣的抗日英烈。这篇作品的恒久魅力，不在战争场面的激烈；孙犁同志并不会写战争。

《荷花淀》的艺术感染力，在于他用《红楼梦》的手法，用对话的形式，写出了一群劳动妇女的内心世界和意态。"意态由来画不成"？孙犁同志画成了。他写战火中的女性，没有失度的夸张、激烈的呐喊，没有前腿弓、后腿绷式的造型，他只是按照生活的原样，用最普通的口头语言，展现女性的内心秘密。

从她们的对话中,人物性格显露出来了。在战争背景下,作家关注的是人。这种风格,俄国瓦西里耶夫《这里的黎明静悄悄》、徐怀中《西线轶事》,与之相仿佛。

现实生活中的白洋淀,多年干涸,几欲消失。多年前,霪雨连绵,淀内蓄水,芦苇又长出来了。她那独特的,由一个个绿洲分割的水道,又在今日复活,成了旅游点。更有意味的是,浩浩水淀中的一个景区,就叫"荷花淀",导游小姐说,就是孙犁写的那个荷花淀。文学的想象,真成了生活的现实。作家用一支彩笔,为大地增添了一道美丽的风景。

从孙犁同志的创作轨迹分析,他当年真抱有宏愿,要用手中一支笔,描画千里白洋淀的战争风云。生活过一年的白洋淀(正是他从上海邮购左翼文学书籍、大做文学梦的年纪),是他灵感的源泉,创作的基地。水乡的风景,水乡男女的美艳,正契合他的审美趣味。像18、19世纪俄国作家于克里米亚一样,白洋淀之于孙犁,是用之不竭、取之不尽的宝藏。

"要问白洋淀有多少苇地?不知道。每年出多少苇子?不知道。只晓得,每年芦花飘飞苇叶黄的时候,全淀的芦苇收割,垛起垛来,在白洋淀周围的广场上,就成了一条苇子的长城……"

1998 年 7 月 12 日

陋巷里的弦歌

谈 1976 年之前的孙犁作品,虽也"意无穷",总觉"言有尽",私心略能胜任。谈十年来孙犁的一本本新著(尽管"这些,都是小书"),我感到沉甸甸的,言、意方面均有无穷无尽的意味。他的第七本合集取名"陋巷",使得接触过中国传统文化基本读物的人,很自然地联想起她的出处。这是一个象征,一种承续先贤精神的独白,一声与花花世界抗衡的异响。作家经历平凡,也就在平凡的人事上酝酿、提炼人生的亮点,以自己的艺术追求,自己的是非标准,审视掠过自己身心的生活之波。举凡昆虫、鞋子、钢笔、老屋……一切随人生而存在、因人生而存在的细小物件,都成了作家创作的不竭源泉。生活在中国的文化背景下,用汉语写作的人,除了感受到作家执拗的探索精神外，分明还领略到了他作品里那份醇厚的国语的味道，以及国语的美。同时，留心散文创作现状的有心者，也能从《陌巷集》作者的实践中，思考一些诸如"中国样式文学作品"的老问题。当代有些标榜"创新"的散文，内容且不论，语言、节奏都像是翻译的西文，或像是学习了《读者文摘》一类刊物后的仿制，洋是洋了，新倒未必。因之，我一直和朋友说，读书的选择，各有所好，不可强求。但在当代作家中，不读孙犁和其他几位前辈的书，你永远也弄不清中国文学的奥妙。与高楼华屋相比，"陌巷"是不引人注意的；"陌巷里发出的弦

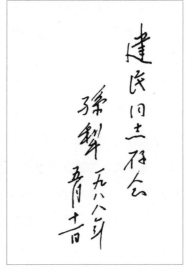

孙犁送卫建民《陌巷集》并题签

歌"，说不定会被大锣密鼓、城乡噪音所遮掩。这里没有升官发财的指南，没有性的刺激，也没有天书一样的"哲理"，她不适宜跑单帮的人在旅途中解闷。"有教养"、忙于沙龙社交的好男好女，也不会以她为话题，达到彼此满足的目的。但我还是要表白自己对孙犁作品的偏爱。

1989年6月

犁歌远逝　荷香乾坤

——敬悼孙犁同志

　　1995年初，我向原来工作的单位请长假，打算回家乡的几个地方走走。请假的正当理由，当然只能说我"身体不好，需要休息"。其实，暂时"下岗"的理由是什么，连我自己也说不清楚。

　　做出决定后，我给孙犁写了一封信，说我从此要逃避工作，优游于山水之间了。大概我在信中流露出烦恼和苦闷的情绪，孙犁回信说：

　　　　收到来信。工作不顺利，变变方式也好。现已天寒，俟春暖后，离京走走。看来古人所说"行万里路"，是很有道理的。我进城后，本来很有条件各处走走，但因我已患有神经衰弱之症,艰于旅行,致失良机。那时各地都有熟人,都在位上,吃好玩好,都不成问题,可惜我一点精神也没有;有人邀请,还要拒绝,那种优越不会再来,也不复存在。每念及此,为之三叹!

这封写于元月2日的回信,更坚定了我的决心。毅然"放下",奋力挣脱,即刻得大自在,一身轻松。

这一年,孙犁八十二岁。在他生日那天,我去天津。晓达兄说,老人今年做了件史无前例的事:出了一百元钱请他们吃饭。我听了哈哈大笑。我知道,作家孙犁始终不清楚市场物价水平,以为花一百元办桌生日宴席已够大方了。有一年,他

孙犁与卫建民在天津学湖里新居合影(孙晓达摄)

的家乡来人,让他这位著名作家捐资办学,他先肯定了办学的重要性,然后为难地说:我又不是画家,没有多少钱,"你们看,"他拿出一本刚出版的集子,"写这样一本书,要一年,人家才开六七百元的稿费。这样吧,有两个方案:一是我把老家的房子捐出去,再出一千元钱;一是出两千元钱,不捐房子。"既然是家乡来客,孙犁就按老理儿行事,他对来人说:"我这里也没地方住;你们出去住吧。"说着,他塞给来人三十元住宿费。第二天,家乡来客将钱还给他,说出来办公事,回去能报销,并提出要以他的名字命名新办小学,孙犁断然拒绝:"我出一千元,就能命名一所小学;要是出一万元那不就能命名一所大学了?"接着,他又解嘲地说:"我们那里要是出个港商就好了。"

从小生活在贫穷的北方农村,知道稼穑之难;中学毕业后经历过穷学生的流浪生涯,每念一粥一饭来之不易。所以"节俭"二字,在孙犁已不是一种美德,而是近于本能的生活习惯。

一片纸头,一截麻绳,一根枯枝,在他眼里都是可以利用的物质。他给人写信,有时就用裁下的一片纸头,密密麻麻填满间隙。某年机关动员向灾区捐献衣物,他拿出的竟然是抗日战争时就穿过的衣服!有了好东西,他郑重收藏,舍不得用,哪怕是纸墨一类的文具。铁凝同志曾送他一盒华笺,是一位雅人自制的,他长期不用,又转赠给我;我更舍不得用,就当

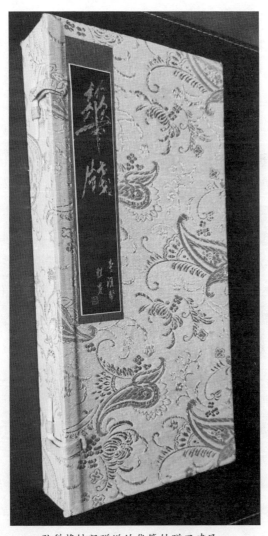

孙犁将铁凝赠送的华笺转赠卫建民

摆设放在书柜里,收藏起一份珍贵的情谊。

写作时的孙犁,就像一位老工匠在琢磨手中的艺术品,神情专注,旁若无人,自成一圈静谧的气场。当别人看他在做工时,他就露出自信又羞怯的神态。

平时读书,每看到精辟的句子、段落,他就像小学生一样抄在笔记本上,为的是加强记忆。作品的手稿,总是反复修改,逐字推敲;他坚信"好文章是改出来的"。作品发表后,他还有兴味重读,好像是亲自烧制的瓷器出炉了;哪怕烫手,他也要哈气再欣赏一番。他由此得到大满足。有时刊出的作品出现错字,他就看作瓷器上的一点疤痕,长期耿耿于怀。1994年,他让我选抄几封他给我谈读书的信,在《文汇读书周报》发表。信稿见报后,他即来信:"读书周报已见到。版式很好,您又耗费不少精神。该报校对也好,只错了一个'蔓'字。"

1987年的夏天,我去天津开会。一天清晨,我去多伦道旧居看望他,顺便请他给我写一幅字,他说:"写什么词儿呢?"我说就写苏轼答谢民师中"文章如精金美玉"那段话。他即快步走到书桌前,展纸研墨,很快就进入一种动人的状态。我刚走近书桌,想看他写,他即笑着挥手:"你坐在那里。"他从不习惯在人围观中工作。刚说完这句话,大概怕我独坐冷清,他就从抽屉里拿出一篇稿子,说:"你坐在这里看看,昨天我还在改。"

歐陽文忠公有言文章
乃精金美玉市有定
價非口舌能定其貴賤
耳 此語見蘇軾答謝民師
書 建民同志囑書

一九八七年六月廿五日

孫犁

孫犁送卫建民书法

十五年前这个夏日早晨的情景，始终活在我心里。

曾有人忧虑孙犁的创作前景，认为他足不出户，长年独居，既不参加作家们的聚会，又不"下去体验生活"，还能写出什么有分量的作品？更有甚者，说他"成天坐在家里骂人"。他们不知道，一位早就退回内心的老人，自身就是富有的矿藏，每一块都是发光的结晶体。

四十多年前，他写完长篇《风云初记》、中篇《铁木前传》，人就病倒了。这两部作品，实际上都没有最后完成，是残缺的美。按照他的生活经历和审美标准，他也不适宜撰写卷帙浩繁、架构宏大的大部头作品。他擅长情态写作，缺乏情节的编织功夫。他用写史的观念写小说，很快就走到了山穷水尽的地步。

中国的文人，他们内心的秘密成长，他们作品中的华彩，往往酝酿于贫与病的生存困境中；大富大贵，反而扼杀艺术生命。因为养病，孙犁的身心得以出走，数年飘荡于古都北京、东海之滨，太湖流域，日夜与自然相亲相近。又因为生病，他幸运地避开了一次又一次的政治斗争。病体是天然屏障，隔开了尘世的喧嚣；同时，情感丰富的作家，"因病得闲实不恶"，当众人正在政治旋涡中受熬煎，人非人、花非花的乾坤颠倒旋转时，他却舒腰张臂吸服天地精华，咀嚼纯粹的大美。他从青岛海边一粒圆润晶莹的石子,从小汤山温泉氤氲的带硫黄味的水汽,从太湖的烟波浩渺,从无锡的梅山,尽情扩展自己的审美视野,补读"自然"这部无字的大书。

养病归来,他又沉浸在文物古玩古籍之中,开始与远古的历史对话。在别人眼里,他是个老病号,落落寡合,孤高清傲,伏如千年龟,无声无息;行似竹林鹤,昂然阔步,真成了"革命队伍"中一位"多余的人"。他们哪里知道,此时的孙犁坐拥书城,左图右史,师法千古圣贤呢!

"建民,我以前很革命哪!"我曾听他亲口如是说,"革命革命,革成了嘛玩意!"这是指曾让他绝望的"十年"时期。我理解,他很革命,是一位共产党员的信念和情操。他在青年时就在寻路,"左翼"作家的作品指引着他向前走。抗战爆发后,他拿笔当枪,自然地参加了革命。但革命推翻旧的政权,"推翻了压在中国人民头上的三座大山"后,"继续革命",又要"革"谁的"命"呢?林彪说:"这次革命,是革过去革过命的人的命。"听起来像绕口令,但像孙犁这样的老革命就听不懂了。

"文革"前的几次政治运动,他因病得以逃避;同时也因为胆小而表示沉默,不敢公开抗议。"文革"十年,他却身临其境,受尽磨难,如混浊的河泥,在孙犁心头淤积,长期不能清通化解。张学正先生说是孙犁的"'文革'情结"。他在晚年的内心冲突,《芸斋小说》末的"芸斋主人曰",都是在清理、思索劫难的原因。读者能发现,他在作品中写到残酷的战争年代时,看到的是真善美;他写和平时期的"文革"时,看到的却是假恶丑。他的青春年华,是在八年抗战中度过的;一生仅有的美好的回忆,多是战火中的荷花,农家场院的石榴,行军途中的小憩,战友送他的一件军大衣……在战争状态下,在生死抉择中,人与人之间那种无言的忠诚,无私的爱护和关怀,是孙犁的生命底色。

回顾中国现代文学史,一百年间,文学山脉中几座高峰式的人物,其特征是将一个民族的文化集于一身。从鲁迅到孙犁,他们都用现代眼光审视乡土,以批判精神对待现实,以沉郁顿挫的文学风格领袖文坛,一生都在用纯正的汉语延续中国文学的命脉。说孙犁继承了鲁迅以后的文学传统,是我多年研究的第一个结论。

今年6月,我去白洋淀参加"孙犁作品研讨会"。那天下雨。从北京到白洋淀,只一个多小时的车程。我提前来到,径直开车到大张庄大堤;步上台阶,碧绿的芦苇扑面而来,满眼青天绿地,空气湿漉漉。八年抗战中,冀中军民就利用这片天然屏障,抗击来敌,谱写了可歌可泣的战争篇章。白洋淀周围的端村、同口,多次出现在孙犁的作品中,也是他生活时间最长的水上村庄。芦苇、荷花、水淀，为祖国独立而献身的冀中青年男女，是孙犁创作的源泉。他一写到白洋淀的风物，连古老的中国都变得年轻了。我注意到，在他的小说、散文中，每写到白洋淀，都说"水绿得发黑色"，但眼前的白洋淀，自开发成一件旅游产品后，水淀混浊，水位低沉。我们坐游艇游览，船几次搁浅，勉强游动；生态环境恶劣。在一处小岛上，旅游部门为孙犁专辟一室，陈列着孙犁文集和作家不同时期的照片。解说员说："没有孙犁，就没有白洋淀的知名度。"岛上的一片空地上，几位妇女在用苇子编鱼篓、织席，我们过去参观，看白洋淀的妇女织席；见此情景，南开大学一位女研究生不由背诵起《荷花淀》中的章节："这女人编着席。不久在她的身子下面，就编成了一大片。她像坐在一片洁白的雪地上，也像坐在一片洁白的云彩上。"如果说今日白洋淀已是旅游区，孙犁和他的作品就是一处主要景点，是旅游者必然谈起的话题。

"我担心托尔斯泰去世。"1900年1月28日，契诃夫在雅尔塔给敏希科夫写信说，"万一他去世，我的生活里就会出现一大块空白。第一，我爱无论哪个人都不及爱他那么深；我是一个无所信仰的人，不过在种种信仰当中我认为跟我最亲切最亲近的还是他的信仰。第二，文学界有托尔斯泰在，那么做一个文学工作者就轻松愉快；甚至人在感到自己以往没做什么事,目前也没做什么事的时候,也不觉着那么可怕,因为托尔斯泰替大家都做了。他的文学事业成为人们对文学所寄托的厚望的保证。第三,托尔斯泰站得稳,威望大,在他活着的时候,文学中的恶劣趣味、各种庸俗(不论老脸皮的庸俗还是哭哭啼啼的庸俗)、各种鄙俗而充满怨气的虚荣心就会躲得远远的,深深藏在阴影里。单是他的道德威望就足以把所谓的文学士气和文学潮流保持在一定的高度上。缺了他,大家就成了一群没有牧人的羔羊或者一锅难以看清楚的麦粥了。"近四年,孙犁病重住院,我每次探望他出来,脑子里就盘桓着契诃夫这封信中的话。我心里清楚,十几年来,孙犁的人格精神和作品中无穷的魅力,在我的生命中产生着塑造性的意义。即使环境恶劣,浊浪滔天,但只要有一位文学老人可以对话,我内心就有了强有力的支撑。只要想想"孙犁是那样做的",我就为自己生活和工作的态度找到了权威的证词。但望着病榻上日渐衰弱的老人,我无可奈何。

住院四年,他时而清楚,时而迷糊,在半睡半醒的状态中困于病床。脑子里那些久远的、残存的记忆,时在口中嗫嚅,是他生命残年最后的精神活动。

"《红星》主编是谁?"前年他看见我,突然说出这样一个长句,提出这样一个问题。"路一。"我不假思索地回答。他脸上露出笑容,仿佛回到了战火纷飞的冀中,神情静穆幽远。护理人员告诉我,老人有时说出一些人名,"考我们"。尽管视力模糊,几近失明,他还要护理人员在墙上挂一座石英钟,太阳射入病房,光线明亮时,他侧着身子,就能隐隐辨清时间。

太阳光是古老的时间,石英钟是科学的时间。老人当然明白,属于他的时间已很有限了。

我最后见到敬爱的老人,是在今年5月。我悄悄走入病房,趋近病床,轻轻摸着他枯瘦的手臂。护理人员大声问:"知道是谁来看你吗?"老人嘟嘟囔囔地说:"知道。"我又趄入病床右侧,坐下来,轻声问护理人员老人的病情。这时,老人突然高声喊:"建民,回去!"

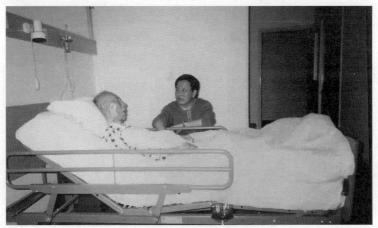

卫建民去医院探望孙犁

坐在病床之侧,听见老人如此清楚的声音,我的热泪夺眶而出;低下头,半天抬不起来。与老人相识十几年,每次见面都是笑声朗朗;只这最后一面,我哭了。

2002年7月15日深夜,参加孙犁遗体告别归来改定。补记:15日清晨,白洋淀人民专门送来沾着露珠的荷花,摆放在孙犁同志遗体周围。告别厅充盈流溢着带泥土味、醇厚的荷香。

2002年7月19日

孙犁在延安

　　打开孙犁一生的路线图,读者会发现,这位独具风格,领异标新,至今还被人阅读、传颂的作家,有一段路程是在20世纪40年代的红色首都延安。

　　去年7月,正是孙犁当年到延安的月份,我受机关指派,去延安干部学院进修,有一堂课是"现场教学"——在桥儿沟的鲁艺旧址听老师介绍鲁艺的历史。每位学员带一个折叠式塑料板凳,胸挂耳机,围坐在文学系的门前听讲天主教堂下的一段革命文学史。

　　孙犁是1944年7月从河北经山西,徒步来到延安的,属于文学系第六期,任教员,主讲《红楼梦》。那个时期,他认为《红楼梦》反映的是贾宝玉的人生观,是现实主义的文学经典。同事有与他观点不同者,认为《红楼梦》是批判贾宝玉的人生观。他住的窑洞,先后与诗人公木、鲁藜为邻,就在桥儿沟的北山上;我坐在鲁艺院子里,悠然见北山,遥想这一群中华儿女的峥嵘岁月,心情很不平静。我们这一帮老大不小的学员,乖乖坐在小板凳上,双手抚膝,翘首听课,像幼儿园小朋友的造型,细听鲁艺的故事。

在延安,孙犁发表了成名作《荷花淀》,奠定了他在现代文学史上的牢固地位。这一篇经典作品,至今还有争议,有读者认为他把战争"儿戏化"了。其实,他的一位曾在冀中军分区当过作战科长的朋友,早批评过他写的战争场面——"老孙,你写的那叫打仗吗?"——孙犁回忆他创作这篇作品的原始动因,只承认作品反映了他的"思乡之情",并没因作品使他声名远播而自我拔高。以历史传统、文化性格分析,当寇深祸亟、国难当头之时,有良知的中国人都有"北望中原"情结,以及"国破山河在"的咏叹。《荷花淀》不是"军事题材"的文学作品,而是一位作家和一个民族的还乡梦。《红楼梦》风格的人物对话,烟波浩渺的北国水乡,刚烈的燕赵妇女,不屈的芦苇,艳丽的荷花,铸成中华民族抗战到底的长城。中华女儿都共赴国难,侵略者的日子还会长吗? ——在延安,《荷花淀》的发表,确立了孙犁从传统承袭的审美取向。所以孙犁的作品,比那个时期产生的不少秧歌剧、信天游、章回体话本更有超越价值。

我在学习研究中感到,孙犁可能要有计划地写一组以冀中抗敌为大背景的作品,完成一幅连环式的画卷。1992年,我写信求教,孙犁回信说:"所问《白洋淀纪事》当时有无计划,初到延安,我写下了《五柳庄纪事》,现在文集中有《村落战》一篇,好像未成一组。后写《荷花淀》,又称《白洋淀纪事》,对'纪事'一词,好像很有兴趣,也许是不便称为小说,是报道性质。当时也可能想写一组,但战争年代,什么计划也谈不上,不久日本投降,我就离开延安了。"一组"纪事"的雏形,在延安已展开。我分析,教员、作家、记者的身份重叠,影响他采取的文学样式:作为文学教员,他以范文的标准要求自己;作为作家,他要践行现实主义的文学传统;作为记者,他要急切地报道前线英雄儿女的悲壮抵抗。苏联一些作家采用的特写、纪事体裁,也影响了孙犁。

"从延安走出的作家"。在很长一段时间,在一些评论家的眼里,是一个语词暧昧的符号。有的以延安为"山头",成为宗派主义的来源;有的视延安作家为宣传干部,认为他们的作品已过时;还真有人当面夸孙犁"不像延安出来的",孙犁情绪激动地反驳:"那时到延安的,都是精英!"确实,孙犁不是为个人声辩，而是为一个集体证言。

　　从1944年7月到1945年9月，孙犁在延安只待了一年多。鲁艺文学系的展览室里，有一幅黑白照片注明"1945年9月20日，由艾青任团长的华北文艺工作团从延安出发"。照片稍显模糊，也没说明照片上每人的姓名，我凑近细看，第二排右起第四人，应是孙犁。从延安，他们赶着毛驴，经山西，翻恒山，过浑源，到了张家口。孙犁负责驮在毛驴背上的妇女孩子，一路吟啸，开进到塞外。半个多世纪后，艾青夫人著回忆录，内中写艾青提及孙犁的一件私事，证明这位大诗人没忘记他当年崎岖于途的战友。

孙犁在北京小汤山疗养时住过的楼房

到了晚年，孙犁简略自述他在延安的经历，主要记下他见到的陕北风光，一个大集体里，同志之间的相互关心和爱护。清涧的石板，米脂的牌楼，窑洞里的炭火，帮他携过行李的同伴，送他一件日本军大衣的田间，帮他织过毛衣，缝补过衣服的女学生，经常能吃到的牛羊肉，粗糙而珍贵的马兰纸，有关文学与理论的窑洞辩论……我特别注意到，在战争年代，孙犁积极融入一个集体，腼腆谦卑地站在自己的位置，从不介入本职工作以外的事务；新中国成立后，他却渐渐淡出这个集体，回归自我，安于"散兵游勇"，从集体主义走向了单干路线。孙犁"脱队"了。

　　七月天气，北京大热，延安却真是清凉世界，晚上睡觉都要盖棉被。著名的宝塔上，镌刻着"俯视红尘"四字，可证这是佛塔。近十几年，延安地区退耕还林，四望郁郁葱葱，生态大为改善；过去的黄土高原，河谷土崖，披上了一片绿装。学习间隙，我在这里的沟沟洼洼里寻找当年的土窑洞，辨识一位作家的足迹，思考延安对一个作家的意义。

　　用一小片政治标签评价一位作家，是中西方媒体人士易犯的错误。延安这块圣地，究竟对孙犁意味着什么？结论尚待商量。但有一个共识，熟悉孙犁的人都没异议：孙犁一生俭朴，保持了在延安的本色。俭朴，不只是安于布帛菽粟的物质生活,而是一片纯粹、光明的灵府;用吴若增的话说是"孙犁活得干净"。孙犁以延安出身的老革命资格,完全有条件养尊处优,至少应居住在宽大的房子,享受他应有的待遇;但他多年的住所,不只他过去的老上级看不下去,今日物质主义的青年更看不下去。不靠不要,不抢不争,孙犁硬是做到了。对作家孙犁来说,人所处的空间,容膝可安;只要基本生存得到保障,他就能在读书写作里得到一个无限大的宇宙。

2013 年 5 月 14 日

一方净土

——孙犁与贾大山

1977年11月号的《人民文学》,刊发了贾大山的小说《取经》。这篇散发着农村生活气息,颇具时代特色的作品,把政治运动下农村基层干部学会的应付手腕,基层领导干部的小聪明,农民的狡黠,刻画得入木三分。熟悉农村生活的读者,一旦读到这位陌生作家的作品,都会心一笑。作家塑造了李黑牛、王清智两个典型人物。生动的典型,承载一段荒诞的生活,是文学,也是历史。四十年后的今天,我重读这篇作品,是当历史读的。真实、形象,在土地上生长的文学之树,维护了作品长久的生命力。《取经》得到读者的喜欢和认可,获得引人注目的大奖;贾大山成为河北省第一位获得全国短篇小说奖的新晋作家。在20世纪70年代末80年代初,文学奖含金量高,群众参与性强,还有高贵的公信力,《取经》取得巨大成功!

这时,蛰居在天津的河北籍作家孙犁,已在默默注视家乡的文坛新秀。此时,孙犁正在《人民日报》开设"小说杂谈"专栏,他以老资格作家的身份,以个人的创作体会,在1981年12月21日《小说的结尾》一文中写道:"贾大山的《花市》,意义与李志君作品相同,而为克服结尾处的概念化,作者是用了一番脑筋的。但主题似又未得充分发挥,可见结尾之难了。"老作家读了新进作家的作品后,从艺术创作、小说技巧的角度对贾大山的新作提出看法,感到美中不足,是因为对创作的甘苦有亲身体验,是行家的行话。必须注意,《花市》尽管只是一幅生活速写,借一个小场景、三个人物,以浅显微妙的心理活动展现卖花姑娘的心灵美,但却透露了贾大山一生创作的主线:挖掘人物内心和行动中的真善美,让在颠倒梦想中挣扎的读者窥见人心人性的原初光亮。可惜,天妒英才!作家只活了五十四岁,当他渐渐明了自己的文学之路该怎么走,并已迈出漂亮的几步时,疾病却拖住了他的双脚。

> 小说爱读贾大山,
> 平淡之中有奇观;
> 可惜作品发表少,
> 一年只有五六篇。

1992年,孙犁致徐光耀的一封信中说:"我也看了贾大山的短篇,我诌了四句顺口溜。"即上引四句诗,可见孙犁读到贾大山小说后的喜悦之情。孙犁还主动送给贾大山一幅自己的书法,只是让贾"作个纪念",当徐光耀在信中告诉孙犁贾推荐一批经籍让他读时,孙犁又急切地让徐告诉他是些什么书,他想了解贾的读书情况。在一份自撰的简历中,贾大山曾写道:"小时候,我和戏园子做邻居,于是爱上了戏剧,到了中学里,又爱上了文学,喜欢阅读鲁迅、孙犁、赵树理的作品,也喜欢古体诗。"一个生长在北方农村的文学青年,能够受到的艺术熏陶,大概就这样有限。戏剧艺术,启发他琢磨小说的故事结构,影响他的是非曲直道德观念;鲁迅的深刻、冷峻,孙犁的明净、幽情,赵树理的幽默、朴厚,是他的文学营养;古诗的凝练、意境,使他树立起自己的美学原则。贾大山的作品风格,大抵就建立在这三个支点上。他参加过作协组织的文学讲习班的短期学习,在北京与各路英豪相聚,算是正式学习文学创作,与同道交流心得体会。他后期的创作,可能还受到《聊斋志异》《阅微草堂笔记》的影响;尽管他写的是现实人间社会,不语怪力乱神,狐魅鬼魂,但在中国式短篇小说的内在特质上,他后期的作品与这两部经典有千丝万缕的联系。他的短篇创作,有许多篇已进入新经典的行列。

　　如果把贾大山数量不多的作品分阶段论述的话,我认为,他早期的创作,还是表面化地停留在政策对农村人事的影响。从生活中来,再还原生活,他不能离开小说背景的时代话语和读者的接受度。他笔下的人物,只是对现实政治和政策的形象折射,还没有深入挖掘,站在更高的地方全方位扫描生活。其实也不奇怪,党的十一届三中全会以后,为了稳定和发展农业农村农民,每年都发一个一号文件,熟悉农村生活的贾大山,当然会更敏感地观察到文件下发后在基层的落实动态;同时,政策对基层社会的影响,也成为作家寻找灵感、捕捉形象、进行创作的不竭源泉。不能想象,在20世纪下半叶的中国农村,还会出现沈从文《边城》里的翠翠那样的农村姑娘。系列小说"梦庄记事",是贾大山创作生涯的第二个阶段。在这个创作期,他拂去人物、故事的外部蔽障,在日用伦常拓展他的文学天地,作为成熟的作家,回归文学的自觉。这一时期,他的作品的背景,是田地、树木、马牛,还有婚丧嫁娶,四季轮回,年节习俗。这是作家创作的自我突破。从这一系列作品,他又过渡到第三个阶段,仍然站稳正定这块土地,反刍审视过往的生活,描绘了一幅小小的"清明上河图"。一直关注他的孙犁,对他这个阶段的作品击节称赏,产生强烈的共鸣。1995年初,孙犁在致徐光耀的信中说:

贾大山文章，昨日已读毕，我心中打个比方：目前，无论物质及文化，均受不同程度污染，如水、菜蔬、粮食、环境等，我辈已无法抵御，并无处躲避。文化当可自主，电视不愿看，关闭；收音机不愿听，不开，报刊书籍亦如此，新的不愿看，还可以看些旧书等等。

再比如棒子面，这本是我爱吃的东西，但目前市场所售，据说是已提取味精及维生素所剩渣滓，小贩涂以黄色，售之用户。

但偶尔也有朋友从农村带来一些，农民自吃自用的棒子面，据说是用人畜粪培植，用石磨碾成者，其味甚佳。

读贾大山小说，就像吃这种棒子面一样，是难得的机会了。他的作品是一方净土，未受污染的生活的反映，也是作家一片慈悲之心向他的善男信女施洒甘霖。

当然，他还可以写出像他在作品中描述的过去正定府城里的饼子铺所用的棒子面那样更精纯的小说，普度众生。我们可以稍候，即能读到。

对文学作品的社会功用，对贾大山创作的赞美和期待，孙犁在信中有形象的比喻，是晚年孙犁少有的对作家和作品的高度评价。老前辈可能不知详情,这时,贾大山已是生命垂危,不可能再继续创作了,虽然他的艺术功力已达到炉火纯青的境界,老前辈和不少读者都在翘首等待他的新作,但他的生命之火,将要熄灭。

贾大山后期的作品,是他清明淡定的精神世界对他所熟悉的过往生活的梳理和映照。作家对生活的肯定、迷茫、怀疑、讽刺、歌颂,通过一系列小人物展现,是正定府城里的人物群雕。《好人的故事》里是普通又古怪的老人,老人懂得生活的辩证法。《担水的》告诉读者的是,诚实无欺的劳动,对天地的敬畏,维护人的尊严,本身就昭示了和平生活的秩序和美德。《水仙》是人与人之间的无私惦记,是人间应有的诚信。《夏收劳动》展示吃喝歪风对干群关系的伤害。干部下乡帮助农民收割麦子,农民却误认为是借口吃喝的。我想,作家写这些现象,心在酸痛。《门铃》是生活轻喜剧,描写退休干部的心态。《莲池老人》仅是千把字的短篇,竟然一波三折,构思奇巧,使读者有峰回路转的阅读快感。这一群小人物的生死哀乐,是文学作品,也是社会历史,它告诉读者,北方的小城故事,平凡的市民生活,竟然充满金子一般的光亮。这一群栖息在小城的芸芸众生,各安其位,各司其职;没有暴发户,也没有特困户;他们只在庸常的日子里,说着笑着做着,并收获着自尊和琐碎的"小确幸"。

从贾大山的作品和其他作家的回忆，我揣度作家的性格，感到他是个心地善良，幽默乐观的人，更是个自尊心很强的人。他的性格，分明对应着他笔下的人物。他在中年起信，坚定信仰，所以他没在社会转型期随波逐流，自贬身价，在污泥里打滚享受低级快乐，在基层社会再往下掉一层，掉进精神"地狱"。他没有能力直接改变生活，但可以通过他的作品自渡渡人，劝诫读者，在作家的位置发挥正能量。那些对现实生活一味指责、偏激迁怒的人，如果读读《莲池老人》，也会自愧弗如一位孤寡老人的精神境界吧！"真善美"三个字，是贾大山全部作品的主题和关键词，是支撑他精神世界的鼎足，是他苦苦寻找的文学"三字经"。

有一个不大为人注意的文学、出版现象是，连续获得好几次全国性文学大奖的贾大山，虽然作品不多，却足够出版几本集子，但在生前，这位著名作家却没出过一本。全国有近百家文艺类的出版社，没一家找上门来，主动为这位优秀、严谨的作家出版一本哪怕是薄薄的小册子，真正是"介子推不言禄，禄亦弗及"。他的真挚的忘年交徐光耀说："连大山的都不肯出书，也是一种劝诫。"这位在全国文学界知名的作家，终于在他去世两年后，由尧山壁、康志刚先生编选一集，在作家家乡的出版社出版了。因为贾大山生前没出版一本书,因为贾大山逝世后出版了一本书,我对他长久的尊敬,就转换成了个人修身进德的动力。二十年前,读完这本带有纪念性质的《贾大山小说集》,总算比较全面地读到了作家的作品,概略知道他短暂而光辉的一生。我想,贾大山即使长寿,也不会成为一个高产作家,因为他给自己树立了很高的标准。在中国文学界,在燕赵大地,他这些风格独具的作品,没人能够替代;在文学史上,他用数量不丰的作品,已占有一席牢固的位置。我,一个普通读者,如果要面对作家灵位敬香告语,我就会说:大山,您用尊严自塑的个人形象,您用心塑造的一群善良的小人物,他们在平凡的生活里闪现的人格光辉,像清澈的泉水流淌在我心里,真成了孙犁所说的"甘霖"。

2018年7月25日

《布衣:我的父亲孙犁》序

　　晓玲大姐将她近年回忆父亲的文章结集,交给三联书店出版。作为第一读者,我一口气读完集子的校样,忍不住对三联的朋友说:这本集子,首先是文章美,情感真挚;第二,这会成为孙犁研究的最新史料;作为从业近三十年的老编辑,我敢预言,这本集子还会是2011年引人注目的新书。我平生少有预言,但对这本集子的市场前景却敢做出预测。

　　孙犁去世已近十年。孙犁的作品还活着。我观察到,学术界对孙犁作品的研究,正在向纵深推进。尤其是对晚年作品——那质朴的十本小书——的深入研究,随着时间的推移,像地质运动一样,平地推挤成高地,高地耸起了山峰。学界愈是研读孙犁,愈是感到孙犁的重要。在当代文学史上,晚年孙犁的十本小书,维系着20世纪下半叶中国文学的命脉;因为孙犁,由鲁迅开创的现代文学才一脉相承,并在世纪末永续发展。

孙犁在旧居(卫建民摄)

今天还在激励、温暖着不少读书人的,还有孙犁那特立独行的性格,自我放逐的生存方式,与热闹场绝缘的一意孤行。有人誉孙犁为"大隐",这只看见了作家的表象;何况,"圣朝无隐者"。政治清明后,作家衰年变法,勤恳耕作,写了那么多文章,何隐之有? 在中国历史上,大多数隐者都是逃避现实,以息影林泉的方式表示与当权者的决裂。说孙犁为"大隐",无非是这位著名作家不出席各种各样的会议,不参加名目繁多的活动，不接受各类媒体、特别是电视台的采访；甚至，这位倔强的老人，连住所的大门都不迈出；住在旧居多伦道时，十几年间，老人家只迈出大门有数的几次——拜访来津的吕正操将军，回访专程来看望他的丁玲。他自喻为自织罗网的蜘蛛，惟愿以不多的时间"面壁南窗，展吐余丝"。

其实，孙犁只是决绝地屏蔽了影响生活和创作的噪音，以农夫的姿态，诚实的劳动，日出而作，日入而息。各种报刊、半导体收音机，是他与社会发生联系的媒介，每有重大新闻，他还持续关注，深入思考，完全不是"万事不关心"的朝市大隐。1981年，彭加木在科考途中失踪，他每天收听搜索的消息，还写下长诗《吊彭加木》。国家每有大事，他焦虑不安的心情不亚于热血青年。

但是，长期与社会不直接发生关系，虽没出现作家、社会两相弃的情况，却使信息不对称：外界对作家的误会、不理解就发生了。比起同时代的作家，有关孙犁的社会活动记载几近空白，研究史料稀缺零星；如果不是这本回忆父亲的女儿书，我们还不知有什么新的发现——似乎有关一位重要作家的史料已挖掘一空，资源枯竭了。

晓玲大姐是孙家最小的孩子。从童年到成家前，她经历和感受到了家庭中的一切，看到了父亲的喜怒哀乐，退休居家后,经常侍奉父亲,且有练笔的兴趣,在第一现场,看到了父亲的创作和交往。她又敏感心细,知道材料如何剪裁,文章如何布局。集子中的文章,原是独立成篇,在报纸发表,免不了,她还要按编辑的要求来写,文章越写越好,越写越知道如何才好。《戏梦悠悠》有韵味,回忆母样的片段写法,有父亲的笔意。写回忆性的文章,片段的写法比完整的写法更简洁凝练,没有枝蔓。高尔基回忆托尔斯泰,就是以片段回忆勾勒出一个伟大作家的完整形象。

回忆是幸福的,也是痛苦的。这本集子的灵魂,是女儿对父亲母亲的深情。读校样时,有几处曾使我热泪盈眶;特别是奶奶病逝后,母亲不让养病在外的父亲知情,一身重孝,坐着马车,扶着婆母的灵柩回乡那一段,真是感天动地!熟悉孙犁作品的读者知道,在散文《移家天津》里,作家的妻儿是坐马车进入城市的,多少年后,又独力担当,坐马车送婆母的尸骨还乡。孙犁写过,母亲和妻子是他文学语言的源泉。正是质朴的劳动妇女的美德,奠定了他早期作品的基调,使他进入繁华的城市后,还连接冀中平原的地气。

这本集子的另一个特色,是写出了孙犁对老战友、老同学、老同事、老朋友,以及对儿女的真情。在外人眼里,孙犁孤高清傲,冷若冰霜,不近人情;但熟悉他的朋友都了解,他比常人的心更热,情更真,他更珍惜战争年代里人们的生死与共。他不参加社交活动,自然不必敷衍别人;朋友理解他,也不在意他有时言语举止的不恭。

王国维在《人间词话》里说:"主观之诗人,不必多阅世。阅世愈浅,则性情愈真。"老人家在世时,我曾当面说他是个主观的作家,他同意我的认知。尽管他写过长篇,写过社会的动乱,身心受过摧残,但他仍缺乏广阔的视野,不会结构工程浩大的巨制。他的修行路径,是内省自悟,而不是空间的扩展。1984年,他发表诗《眼睛》,肯定婴儿看世界才是"完全真实的"。研究老子的公木(张松如)先生,随即唱和,也作《眼睛》,以阐明老子"恒无欲,以观其妙"的哲学思想。由此研究发表于1956年的《铁木前传》,我们看到,这部中篇的开篇就是"在人们的童年里,什么事物,留下的印象最深刻?"——《铁木前传》,是以儿童的眼睛在看过往的生活,是人到中年的作家的痛苦选择。在作家眼里,有真情才有美丽。鲜花要在土地上绽放。

在晓玲大姐的记述中,父亲与梁斌、李之琏的感情,对病中邹明的深情,使我们看到了一个真挚的孙犁。1990年,有一篇几百字的《觅哲生》,更能看出一位风烛残年的作家对人与人之间真情的怀念和呼唤。

在孙犁一生的内心冲突中,除了个人情感生活,就是理想与现实的背离,丑恶与美好的纠结,真实与虚假的并生并育。

为这本集子写序,我自知不是合适的人选。但晓玲大姐和出版社,都希望我来写,我不能推辞。以上所谈,只是第一读者的读后杂感,不是系统评论;明眼读者,自会掂量这本集子的分量和价值。

2011年2月18日于北京西城

复恐匆匆说不尽

——关于孙犁的来信

我二十岁之前，虽在农村那样的环境里读过不少流行的长篇小说，但从未接触过孙犁的作品，也不知道孙犁这位作家。我上的七年制中学，因是在"文革"后初创，学生连正式的课本也没有，不可能从课堂上了解孙犁。语文老师给我们讲文学，是在讲台上读《山西日报》上的批判文章，那时正批判赵树理小说《套不住的手》。

20世纪70年代末，我去武汉上大学，专业是经济，兴趣却在文学，曾买到一本谈文学创作的小册子，内有孙犁谈文学创作的一篇文章，风格独特，语言粹美，没有枯燥、空洞的理论。从此记住了文学界有这样一位老作家。

到北京工作后，正是文学复兴的80年代。孙犁在《人民日报》开设"小说杂谈"专栏,不定期发表简短的文学札记,是很精彩的文论。机关办公室总会公费订阅一份《人民日报》,我读完报纸,就将这些札记剪贴在一个笔记本上,还在每篇札记下写读后感,做自修的功课。从读这些短小的文论开始,我购买、搜集孙犁的文学作品,还自费订阅一份《光明日报》(孙犁经常在这张报纸的"东风"副刊发表作品),真到了狂热的地步。他的《铁木前传》,使我领略了孙犁风格的魅力。那年月,我工作的机关分来几位学中文的大学生,个个会写诗写小说,目空一切。我则和他们谈孙犁,谈契诃夫、莫泊桑,自以为并不比骄傲的中文系学生懂得少。我也练习写过几篇短小说,更多的是学习写散文,向几家著名的报刊投稿。

1986年,我去天津,《散文》的朋友说,去看看孙犁吧!我沉吟半天说,不要麻烦老人家吧,朋友热情地说,去吧去吧,你那样喜欢他的作品。于是,我跟着朋友去多伦道旧居,第一次见到了我正迷的作家。孙犁知道我当编辑,赠我一本小册子,书名《编辑笔记》。

返京以后,我写了一篇《去见孙犁》,恭恭敬敬誊抄一份,寄给孙犁,请他审阅——因担心有不妥当的地方。孙犁很快退我,用红铅笔在稿子上端写了"看过"二字,还改正稿子中的三个错别字。我将稿子寄给吴泰昌同志,他刊发在《散文世界》杂志上。有几年，我见了泰昌同志就说起这件事。一个文学青年能在大刊物发表一篇作品，自以为就是天大的事，也是最有效的激励。我有一位厦门大学中文系毕业的同事，在《安徽文学》发表一个短篇小说，便自费邮购十几册，分赠女同学。——不从那个年代过来的人，不能理解那个年代的文学"发烧友"。

从此，我和孙犁开始了长达十几年的交往和通信，直到老人家去世。

起先，孙犁写信爱用明信片，偶尔也写在手边的稿笺上，并不专用一种信笺。后期的信，大多用毛笔写在毛边纸或宣纸上，而且越写越长，数量也多起来，频次密集。那个年代，邮政很负责任，从天津寄到北京的六十二封信，竟无一件丢失。

80年代，我过着两地分居的生活。知道孙犁爱喝玉米面粥，每年秋收后，我就让尚在老家工作的妻子找一点新玉米面，远寄给孙犁。从来信中能看出，老人家收到这种土特产品，简直是兴高采烈。我年轻时偏激执拗，官僚机关的气氛又使人苦闷，加之是单身，工作之余，就沉潜在读书、写作中，走业余自修的道路。孙犁每次来信，在我都是内心的一个节日，甚至是精神的支撑。一个文学青年有了倾诉心事的对象，又能听到回应，现在想来是多么幸运！

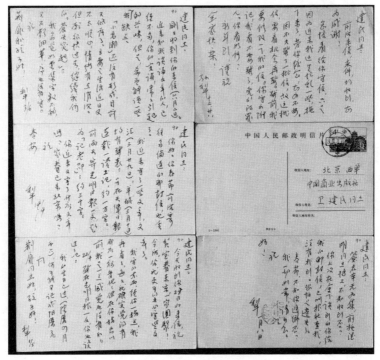

孙犁寄卫建民明信片

当年，我给孙犁的复信，并没有复印留底，以为都不存在了。前几年，晓玲大姐（孙犁小女儿）整理老人遗物，发现几封，我要了回来；抚摸旧信，感慨不已！几页残信，保留着我的热血青春和探索文学的陈旧轨迹。从学习孙犁作品到进入研究阶段，陈述自己对某篇作品的看法，对某个时代某个人物的认识，是我们之间后期通信的主要内容。

孙犁作品数量不多。除了80年代初出版的五卷文集外，就是每年结集出版一本小册子，共十册，最后一册名为《曲终集》，汪家明兄在山东搞出版时，曾精心编为"劫后十种"。这些新作，我在结集前，大都已熟读；有的精彩的文章、句子，读一遍就记牢了。我练习写作，完全是从孙犁作品里学习，并不好意思写信求教。孙犁从学习传统和创作实践中，提炼总结出了自己的文学理论及写作方法；他的书，就是文学青年的教科书。

　　在同时代的作家中，孙犁淡于人事，不热衷于团体活动，谢绝一切会议的邀请和社会活动。他真做到了知行合一，严格遵守他的名言："文人宜散不宜聚。""散居"在闹市陋巷里的作家，以传统的书信方式，保持与外部世界的联系。新中国成立不久，他因病赋闲，四处搜罗古籍图书，曾有当藏书家的念头。坐拥书城，在动荡不安的社会里安放自己的存在，是这位老资格作家区别于他人的独特活法。到了晚年，他闭门读书，以书为友，开始写读书记。他给我的不少信，就是读某种书的消息。读者感兴趣的，当然是他读书记中的借题发挥，特别是对时弊的批评。他心中有个理想国和道德律，所以他才荷载独彷徨，发现社会和文学界的不良现象便刺一枪，继承着鲁迅以来的文学传统。我在人过中年后，已少读当代文学作品，转头阅读文史哲的基本读物,自觉补课,培植根本。因此,孙犁在信中谈到的书与人,我大多勉力谈一点自己的认识,展开信中的讨论。对我来说,这是读书通信,学习通信。

读者从信中看到,孙犁曾托我在北京给他买过几种书。书买到寄出后,他必定寄我书款,我觉得很好笑:几元钱远道寄来,我还得去邮局取,等于添麻烦,但老一辈人的观念,你要让他改变是很难的。他曾送过我几种包了书皮、写有题跋的书,我由此拥有了孙犁式的"书衣文录"样本,成为我书房里的一道风景。

孙犁涉猎广泛,不专研究一个领域,属于有选择地杂览旁收。书中的精彩段落,他还抄在笔记本里,为的是便于检索,加强记忆。史部,他读的多是前四史;集部及杂著,他读的比较多,也有兴趣;儒释道,读的并不多。我想,这些中国文化的精髓,已综合内化为他的人格精神,外化为他的风神。余英时先生说过,中国文化的一个特色,是能塑造优美的人格。我在与孙犁十几年的交往中,见证了这个论断。文学界,没有鄙吝之心,超尘绝俗的人物,孙犁是其中之一。

通信中的部分信件,有两组是孙犁让我抄录,供报刊发表的;有的是他以"耕堂函稿"的总题目,自行发表的;有的还以专题性的,如"读书通信"发表;书信是孙犁晚年写作的一种文体。这次集中在《新文学史料》发表，为求资料完整，大部分未公开发表的和已发表的"倾箧而出"，在我是了结一项工作。不过，我原来的想法是，在每封信下写一则"本事"，统为一册有特色的小书，让读者更详细地了解一位文学前辈与文学界外一个文学爱好者的心灵交往。因主编催稿，我只得先行抄录一份，作简单的注释，请同事刘磊打字，在约定时间交给编辑部，为现代文学研究者提供一份资料，让喜读孙犁的朋友从这批信件里看到作家的另一个侧影。

如今是微信时代，绝少有人用钢笔、毛笔在纸上写信了。有几次，我给人写信，竟然不知道现在该贴多少钱的邮票！我纵然保留写信的老习惯，但述说心事的书函投向哪里呢？——"自夫子之死也，吾无以为质矣，吾无与言之矣。"我整理、发表这批书信，是对难忘的文学时代的留恋，也是向过去的沸腾生活告别。

2014 年 5 月 17 日

晚年孙犁评论

　　在我已读过的研究孙犁的学术专著中，闫庆生教授的《晚年孙犁研究》，从美学与心理学阐释孙犁独特的精神世界，是别具匠心、方向正确的可贵探索。作者在后记里说："我是蘸着生命的汁液来研究孙犁的……在思想、情感和艺术的许多方面，孙犁都引起了我强烈的共鸣。"据此可知，作者在学术研究过程中，首先是与一个高贵的心灵在碰撞，并以同情的理解与研究对象潜对话；其次才是以方法构筑自己的学术体系。

　　晚年孙犁的文学成就和生存状态，是文学界、读书界长期议论的话题。自从汪稼明先生以"耕堂劫后十种"为名将孙犁晚年的十本集子收拢一起，重新编辑出版后，就为研究者提供了可靠的文本，晚年孙犁更形成一个焦点：在目不暇接的出版物中，一位老作家的十本小书，生前既享盛誉，死后佳评如潮，实际已进入不朽之域。

那么，"晚年"如何界定呢？如果以六十岁为限，六十岁后的孙犁，刚刚"解放"，在他供职的报社上半天班，用他自己的说法，是以"见习编辑"的身份审读来稿。回到家里，就是读书、修补书，给书籍包书皮；还有就是养花养鸟，丝毫没有创作的情绪，"羞于与那些人在同一个版面"，风传孙犁很"右"。这时，"文革"已进入后期，生活似乎已恢复常态，但在劫难中受到创伤的孙犁，却冷眼观察形势，对国家的命运和前途时时忧虑。周总理逝世后，他破例去邻居家看电视新闻，从《参考消息》上摘录外电对周的评价，并在书皮上记下当天的感想："余多年不看电影，今晚所见，老一代发皆霜白，不胜悲感。"同一条杂记上，他还以敏锐的观察力写道："邓尚能自持，然恐不能久居政府矣。"——这是1976年1月13日，一直被外界误会"不关心政治"的孙犁的思想状态。

"文革"后期，孙犁以不合作的姿态抵制外界的诱惑，用行动否定了现实的政治秩序。所以，晚年孙犁，最重要的是保持了晚节。

1976年10月以后，历史发生转折，孙犁才从冬眠状态苏醒。他进京参加了劫后的第一次文代会，见到了久别的同道、朋友，还在会议上发言，情绪亢奋。不过，"文革"后的文艺界现状，使敏感的孙犁大为失望；他的存在，在当年的文坛，并不引人注意。我查看过这次会议出版的摄影画册《文坛群星谱》，里面收入全国的文学前辈、后起新星，用《红楼梦》的话说："单单剩下一块未用，弃在青埂峰下。"他就是孙犁。缺少一个孙犁，没人在意。这次文代会，对孙犁来说，真是"为了告别的聚会"。

孙犁出生在农村，了解"劳动"的全部含义，所以，"耕堂"绝不是文人附庸风雅的斋名，而是文学劳动者的宣言。既然疾病和动乱耽误了那么多的时间，政治清明后，风调雨顺，他为什么不赶紧耕作呢？1979年，《晚华集》出版。以这本小书为标志，晚年孙犁的新面貌渐次呈现，动摇了文学界对他旧有的定评。在20世纪80年代初大专院校中文科通用的教材上，孙犁是和三位作家并列，被编者拨堆儿谈论的；晚年孙犁辉煌的劳动实绩，才使评论界转过头来，并重新评价他早期的作品。

文学界曾有一种疑虑：孙犁足不出户，从不"深入生活"，更不参加团体组织的采风，"反映现实生活"，这个怪老头儿，还能写出什么作品？这类善意的疑虑，否定了人的内心、梦境是潜在的现实,不了解人是主体,也是自己的客体。晚年孙犁,从媒体、来客了解外部世界的变化;块然独处,就地取材,在回忆的道路上采撷,向记忆的深层挖掘,同时撰写了大量的读书记,对已有定评的历史事件和人物发表新的意见,抨击现实社会和文坛的不良风气。有认真阅读孙犁作品的读者,发现他晚年的作品"琐碎",看得很准。其实,孙犁的才气,从来不擅长宏大叙事的创作。《鸡叫》《菜花》《残瓷人》《吃粥有感》等精短作品,以醇厚的语言记述个体生命的体验,从一粒沙中见世界,正是孙犁的风格。沈德潜在《清诗别裁集》里评论方拱乾的《补窗》诗:"极琐屑事发出安分乐天道理。"就是以小见大的先例。晚年孙犁的作品,主要在全国的几家报纸发表,赢得众多读者,也提高了报纸副刊的品质。

孙犁不参加文学界的活动,不挂名团体、报刊的顾问,不在新媒体上露面,有许多自定的清规戒律。这是晚年孙犁的生存方式,也是外界对他"有看法"的原因。从我对孙犁的了解看,他认为文学创作是独立的、个体的精神活动,他的名言就是"文人宜散不宜聚"。这是他的性格,也是他处世的原则。不参加实际的社会活动,并不是不关心文学界的动态。他搬家后,我去新居看望,看见楼道自制的信箱上贴一张纸条:"同志,请将xx报放入信箱。"我那时年轻气盛,对老人家说："××报有啥好看的!"他说:"是,没啥好看的,但你在这个圈子里……"圈子里的事情,他什么都知道,他只是不参与罢了,并没有自我"封闭",更没患"自闭症"。有些事,他真是说到做到。他辞去所有的名誉职务后,连他极尊重的作家丁玲请他担任《中国》杂志的顾问,他都婉言拒绝。他太了解文学界的事情,不愿给人留下口实。在电视成为强势媒体后,有些人巴不得天天露脸,用海外的说法是"搏出位"。孙犁不接受电视采访,更不会在电视上演讲,是他的戒律。他屏蔽一切有害信息,排除外来的各种干扰,在"耕堂"里挥汗写作,安静读书,为什么反被视作另类呢?

在社会达尔文主义盛行的年代,一个高尚的人,与世无争的人,不向组织伸手索要各种待遇的人,也会被看作是个另类。孙犁是从延安出来的老资格作家,按规定,他应该享受应有的待遇,这是许多关心他的人愤愤不平的意见。孙犁还没修炼到不食人间烟火的段位。他是在意待遇的("有人对我的级别,发生了疑问,差一点没有定为处级。此时,我的儿子,也已经该是处级了。"——《记邹明》),但他又能随遇而安;加之秉性疏懒,自尊心强,绝对不会为自己的事向上级开口。以住房为例,在进入报社后,他就有好几次分到了不错的房子,只是他个人的原因,没有去住。多伦道旧居,其实是比较气派的

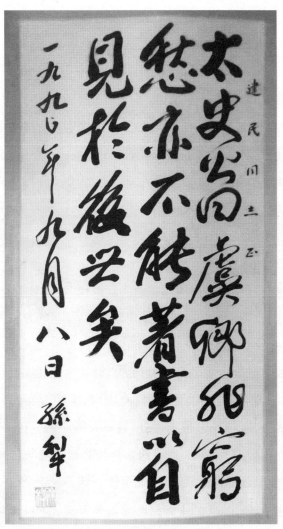

孙犁送卫建民条幅

房子,只是破旧了。在报社,以单位的级别衡量,他算是养尊处优的人。山西一位老作家的孩子去看望他,看到他住在破旧的老屋里,不解地说:"孙伯伯,您怎么住这样的地方? 在太原,我爸他们,每人一座小楼。"孙犁笑着告诉我:"在大城市不行,因为人家还有……"言外之意是,大城市老资格的干部多,还轮不到他享受更好的待遇。我知道,北京去看望他的老领导,报社的领导,曾动议他的住房问题,已有实际行动;同样是他个人的原因,没有动迁。学湖里的新居,在我眼里只是个普通住宅,他却大为满足,认为是"高级住宅"。在一生最后的栖息地,他写了不少清新欢快的作品。

1949年进城后,孙犁就在天津日报社工作,时间长达半个多世纪。长篇小说《风云初记》,以"前店后厂"的方式,连续在他供职的报纸发表。应该说,作品发表的便利,是创作的可靠保障;假如不是连续作业,顺利见报,而是投寄其他报刊,以他作品的不合时宜,再遭遇退稿、修改,长篇能否完成,都是疑问。一个作家与一份报纸,是值得研究的课题。在工作关系上,有一个时期,组织上曾让他在作协和报社之间选择,他经过慎重考虑,还是选择继续留在报社。到了晚年,他在报社这个温暖的集体里,受到了普遍的尊重和关爱。他以报社为家,报社以他为荣。年轻的同仁登门给他理发,给他办理琐碎的事情。《孙犁文集·天津日报珍藏版》(文汇出版社2008年12月),收录他进入报社后,在自家报纸发表的所有作品,还有当年的版样、同仁的回忆,是一部绝无仅有、创意独特的纪念文集。其中,邱允盛同志记述的《孙犁就医志》,透露了孙犁手术住院期间,天津市委、报社对他耐心的说服,无微不至的关心,还有卫生医疗部门组织专家小组的工作作风,感人至深。我看到过一些单位领导住院后,医院保健处送来的病情报告。报告当然体现患者待遇,组织关心,但仅限于病情、诊治描述,没有温度和感情色彩。孙犁到晚年,儿女孝顺,集体、组织上关心,怎么会是"悲剧"呢?

孙犁(右)与邹明

有一年，我和谢大光兄一起去看望他，他在谈话中说："我很自卑啊！"我刚好读过一本《自卑与超越》的翻译书，便以书名回答他："有自卑才有超越。"大光兄带着一个小型录音机，如果录音还在，当证实我言不虚。在他人眼里孤傲清高的孙犁，怎么会"自卑"？从心理学研究，这是进入孙犁精神世界的又一条路径。

叹老嗟卑，说病告苦，传统文人身上的通病，孙犁也没有避免；同时，烦恼，"没头火"，像老年病一样缠绕在身，直到他不再说话。1975年2月6日，他在《本草纲目》书皮上题写："余修书以排遣烦恼，而根源不断，烦恼将长期纠缠于我身。"赵州禅师说："佛是烦恼，烦恼是佛。"僧问："未审佛是谁家烦恼？"师曰："与一切人烦恼。"曰："如何免得？"师曰："用免作么？"

潮汐一样的烦恼和成就带来的名望，是孙犁不断创作的动力。

2015年10月21日

买《平原杂志》记

西单横二条的旧报刊门市部开业了。我一听到消息，碰巧又是个星期六，大早就赶去，在陈旧朽腐、散发出霉味的书堆里翻了几个小时。

每次逛旧书店都有收获，这次收获更大。其中，花一百元买下的《平原杂志》，尤为珍贵，值得一记。

1946年春天，孙犁同志到河间，受冀中区党委之命，单枪匹马，主编了只发行六期就停刊的《平原杂志》。他曾回忆："编辑部就设在冀中导报社的梢门洞里，靠西墙放一张门板，是我的床铺兼座位，床前放了一张小破桌。"这就是编辑部的全部。

这本在解放区编辑出版的杂志，属于综合性的文化刊物，读者对象是"小学教师、中学高校学生、村剧团、工农干部"。孙犁同志设想杂志的"文字要求通顺,最好做到经过念诵,使文盲也能大致听懂"。这种编辑方针、办刊宗旨,代表了解放区文化工作的特点。

我买的这一本,是第一期,也是创刊号。杂志的栏目,分平原论坛、问题研究、每月特写、将星录、乡村艺术等。因属初创,集稿不易,有几篇作品是转载的。编后记说:"这一期,我们转载了一些别的刊物上的文章。这好像是借来的粮食,但如果读者仔细研究把它当成借镜来教育自己,那营养会是一样的。哪里的小米也养人。"现在能看到的,有七篇编后记、征稿启事,都出自主编一人之手。

《平原杂志》诞生在20世纪40年代后期辽阔的华北平原上,流布范围有限。她生长在乡村,服务于乡村;半个世纪后,却散落在城市一隅,满纸烟尘。我买的这一册还是毛边本,"定价:边币七元",也是空白,估计是冀中导报社印刷厂的工人自藏的。半个世纪了,杂志已发黄酥脆,再也经不起风吹雨淋,我翻阅一遍,赶紧装在塑料薄膜里,郑重收藏。收藏这种杂志,主要是自己业余研究孙犁作品,把它当成原始研究资料,并非赶时髦,传染上了"收藏热"。

当年在冀中工作过的不少老同志,如今正在北京安度晚

《平原杂志》书影

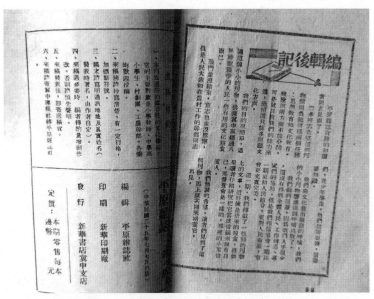

《平原杂志》内页

年。他们一定记得《平原杂志》，正像记得他们曾奉献了青春
的火红的激情岁月。

1998年5月1日

孙犁的继承与坚守

当孙犁还没有放下手中的笔，所有研究工作都是"横看成岭侧成峰，远近高低各不同"，研究的视角和进展是阶段性的、侧面的、随机的。当作家告别人世，研究者更能全方位地"接近"研究对象，做出先前不敢做出的结论，说出先前不便说的话。不再"说话"的孙犁，用纯粹的文学创作活动，展示了他的文化生命。

孙犁和鲁迅

早在20世纪70年代末、80年代初，一些研究者已提出了孙犁和鲁迅的关系，有的论点明确说孙犁是鲁迅的继承人。

在这个命题底下，是一篇大文章。鲁迅活着时，追随他的文化人很多，弟子三千，贤者七十二，也不能概括当年"鲁迅风"的强劲。从文学史看，有的作家甚至自命为鲁迅的弟子，为鲁迅弘法，似乎得了先生的衣钵真传。但随着时间的推移，我们只说他们是早年亲近先生的人，而不是先生的继承人。为什么与先生无一面之缘，从未直接交往的孙犁竟成了鲁迅的继承者？论据有三。一是孙犁由五四后的新文学启蒙，自认鲁迅为精神上的导师，把鲁迅的作品当成研修文学的范本，并把鲁迅当作人格楷模。当孙犁还是一个文学少年时，就关注世道人心，将文学和民族的命运相联系。鲁迅挺直了的脊梁、不屈的灵魂，使少年孙犁产生崇敬感、亲和感。又因为他与上海时期的鲁迅没有直接交往，超脱于各种争论之外，他和鲁迅的文学血缘关系就显得更纯粹，没有沾染私人意气和团体偏好。抗战全面爆发后，孙犁以文化战士的身份，自觉在反法西斯的战场上宣传鲁迅，歌颂鲁迅，把一个文化巨人当作中国不会失败、民族不会灭亡的象征。同时，他又以个人的创作，以笔作枪，发扬鲁迅的战斗精神，用诗情画意展现一个伟大的民族在侵略者面前的坚强和勇敢。枪林弹雨穿不透"苇子的长城"，铁蹄炮火毁灭不了一望无际的荷花淀……二是孙犁对鲁迅的继承，不仅早年学习鲁迅的作品，还表现在他一生虔诚学习鲁迅曾经学习过的作品。他购书的一条主要线索,是鲁迅日记附的书账书目。20世纪70年代末,沉寂近二十年的孙犁在海河之滨说话了。一个不容争辩的事实是:孙犁在当代文学史上发出的声音,不单是一个个体作家的重操旧业,"二次解放",老兵新传,孙犁在率领文坛的一支生力军。三是像鲁迅一样,孙犁身上凝聚了一个民族优秀的文化。他的博览群书,从文化遗产的源头活水汲取营养,既延长了个人的文学生命,又弘扬了民族的文化之光。孙犁生活的时代,旧文化保守势力已销声匿迹,孙犁和同时代的人,有条件客观公正地面对文化遗产。尤其是频繁的政治运动,更使弘扬传统文化显得及时和重要。

孙犁和巴金

孙犁一直视巴金为前辈作家,他们之间也没有直接交往。两位文学老人是相互尊重、文心相通的。20世纪80年代初,巴金在香港报纸开设专栏,沉痛地反思"文革",用真话为当代思想界、文学界开路,影响巨大。在《"五四"运动六十周年》一文中,巴金引用孙犁《远的怀念》一段话,显示了两位文学老人对"十年内乱"的共同批判立场。孙犁的《芸斋小说》,还有不少犀利的杂文,对十年"文革"发出控诉和揭露,毫不留情。与巴老不同的是,孙犁主要是以文学的形式,隐晦的手法,暴露他的亲历亲见,揭示内乱中各式各样扭曲了的人性。巴老一直自谦他"不是文学家",最早投身文学事业,就声明是用文学来战斗,战胜黑暗,迎来光明,用文学实现人生的理想。这种文学观,也在他的《随想录》的写作中贯穿始终。孙犁则自觉要当文学家,强调作品的文学性,重视作品的生命力。与鲁迅的早期小说一样,孙犁在新时期的创作,也是在剖析国民品性,呼唤真善美的回归。继承文化遗产,不只是接受典籍,还展现前贤的人格光辉。《觅哲生》不足千字,在孙犁作品中不占重要位置,但这篇短文却说尽了他的全部心事。孙犁的根本烦恼,最大的痛苦,就是真诚的丧失,所有人性美在政治动乱中的失落。所以他用回忆满足自己的精神所需,让消失的真善美在心中回放。他用纯粹的文学形式说真话,并且不满足于只说真话,使他和巴老成了当代文学界的良心。他和巴老的可贵,就在于:为了忠于自己的信念,决不因风吹草动而动摇。当有研究者将孙犁和巴金作比较时,孙犁谦虚地说:巴金那样的作家,我们比不了。巴金曾对《收获》编辑部的工作人员说:请你们以我的名义向孙犁同志约稿。

孙犁与新时期文学

文学界对孙犁的重新认识，是在"十年内乱"以后，可以拉出一个很长的名单来，证明不少作家对孙犁的尊敬和佩服。从文学作品的生命力看，孙犁数量不多的小说经受了时间的考验，成为新进作家学习的范本。孙犁的活法，孙犁农夫般的劳动姿态，不凑热闹、不求闻达、不以名位追求私利的情操，更成了文学界一道独特的风景。三十年间，孙犁的人格和作品的双重魅力起到了重要的引导作用，整个文学界有了一个参照。而孙犁为当代文学击鼓助威、提携新人、评介新作，为整个文学事业的兴盛而欢呼，同样可以拉出一个很长的名单来，证明在孙犁的鼓励下，有许多文学新人脱颖而出，壮大了我们的文学队伍。

当代文学蓬勃发展，盛况空前，孙犁有很大的功绩。

2013 年 5 月 15 日

名岂文章著

——闲谈孙犁

编辑先生要我写篇短文谈谈孙犁,我唯唯,又有点犹豫。今收到催稿信,知他对自己分管的版面很热心,便放下手头的工作,切住"孙犁与书"这样的题目,闲谈孙犁。谈孙犁,也只有这样的题目才有话可说。

去年末出差途经天津,我去看望孙犁。谈了没几句话,老人家就问:"这一段读什么书?"我顺手从提包里拿出《阅微草堂笔记》,说正读这个。孙犁接过书,用手掌托起来,闭上眼,掂掂书,说:"这书印得好! 你看它很沉。现在印的书,都轻飘飘的。"我微笑着看老人家的天真举动,又同他谈起《阅微草堂笔记》与《聊斋志异》的同异高下。他对《聊斋》的艺术成就评价很高;对《阅微草堂笔记》,我猜测,他可能主要感到纪晓岚这个人物可爱。纪氏那种正统的思想,简实的文章,不一定合"内在浪漫"的孙犁的口味吧。

这十几年,孙犁每年出一本集子,现已出到九本。越到晚年,他越是对自己的文字负责任,最怕校对出差错。第九册名《如云集》。校样出来,他一定要自己看一遍,方才心安。报刊上的作品发出来,他也要看一遍或数遍;发现错讹误置的字,心中颇不快。他在给我的信中,有几封就是抱怨某某报刊"排错三个人名","漏掉一个标题";在孙犁,这就是大事。

孙犁藏书不少,爱书成癖,视书如命。过去在战乱之中,他的破书包里常带着《彷徨》《呐喊》《毁灭》一类的书,想藏书也没有条件。他的大量购书,始于进城之后,生活安定,手头宽裕。那时一些旧书店,有给作家寄书目这样的服务项目,他就可以从容选购;他还跑旧书肆,任意挑拣。他一生追慕鲁迅,买书的一条主要线索,就是依照鲁迅日记上的书帐,按图索骥。凡是鲁迅买过或提到的书,他似乎都想过眼。最近,他得知《唐才子传校注》出版,便写信要我帮他买。我想,他并不治唐诗,八十岁了仍想看这种书,主要原因是鲁迅曾把他列入必读书吧。

"我之于书,爱护备至:污者净之,折者平之,阅前沐手,阅后安置。"孙犁有洁癖。这是1974年孙犁题在《西游记》书皮儿上的书箴,足见他对书的爱惜。他看过的线装书,总是用麻绳捆得方方整整,齐如新裁。他还有给书包书皮儿的习惯;材料,无非是废旧大信封。这样,他的书柜里就像租书摊的风景,一溜儿全是牛皮纸。他包书衣,始于70年代初。那时刚获"解放",无事可做,他便以此遣日,并在书皮儿上写些文字。有的与书有关,有的则是当天的感想记事。这是一种特殊的随感录,也是研究孙犁的重要资料。

孙犁(左)与方纪(中)、冯骥才(右)

前几年,朋友们闲谈,我总爱说:"孙犁已以自己纯粹的文学创作活动确立了在文坛的地位。他现在写多写少,写或不写,这种地位都不可动摇。"当面,我也给老人家说过:写到十本,可以休息。现在看来,我的话有点冒失;给孙犁谈的指标,也有点保守。——这种想法,发端于读他的《锁门》,及《如云集》开印之后。

千字文《锁门》,从家居生活中习见的小事,表现了对现代文明的疑虑,是文字省净的美文,亦是发人深思的哲学。以《锁门》为标志,孙犁的创作已进入第四期;十年来那些充满感伤,时而掺杂着恩怨的调子,戛然而止。追踪阅读孙犁作品的朋友,当你读到《荷花淀》《铁木前传》《黄鹂》《锁门》时,是否感到这四篇作品代表着孙犁不同时期的风格?

孙犁在今天的意义是多方面的。除了作品外,他坚持独立思考的品质,抗拒文坛商业化、庸俗化、痞子化的人格精神,维护知识分子尊严的勇气,都给使人沮丧的文坛投射下一道理想的光辉。

介绍孙犁的文章已经不少,转述孙犁作品的"理论"时而出现,但"孙犁研究"尚未开始。

1992年2月5日

庾信文章老更成

——《孙犁诗文选》序

眼前的一切，仿佛已跟我远离，

消失的一切，却又在化为现实。

——歌德:《浮士德·献诗》

我读孙犁凡四十年，却是第一次编选孙犁的作品。秋天里，出版界的朋友要我编一册孙犁散文选，我随即说:诗文选吧，把孙犁的新诗也选一部分。散文选收入作家的诗，并不是我的发明，著名的昭明太子编的《文选》就编选不少文学家的诗。明代的张岱在一篇序文里曾提及，有一士大夫质疑:"既云文选，何故有诗?"有一为《文选》作注者答:"昭明太子所集，于仆何与?"那个五百年前的"喷子"紧追不舍:"昭明太子现在在哪里?"答曰:"已死。""喷子"松一口气说:"那就不追究他了。"答曰:"他不死你也没资格追究。""喷子"扭过脖子:"为什么?"答曰:"他读的书多。"我在想把孙犁的诗与散文编选一集时,就想起这个明代的文坛趣闻。但是为适应现代人的阅读习惯,集子的名称还是标明"诗文",以避免读者的质疑。

一

作家孙犁是以小说名世的。他的短篇《荷花淀》,中篇《铁木前传》,长篇《风云初纪》,早已奠定他在现代文学史上的牢固地位。经过时间的无情淘汰,他的小说珍藏在经典的宝库里,成为民族文化的代表。孙犁很珍惜他在抗战时写的小说——因为那是中华民族求解放的时代,是一代革命战士的青春,是明艳的"战火里的荷花"(汪曾祺以孙犁小说编写的电影剧本名称)。了解孙犁作品特色的读者,知道他的创作虽名为"小说",但大部分小说都来自现实生活;孙犁,以现实主义作家的身份站在文学之林里。从中学时代开始创作尝试时,他都是受社会现实的刺激,从亲身观察思考的、活生生的现实选择题材。他受五四新文化运动,尤其是受"左翼"文学的影响很大;鲁迅先生的伟大人格和文学作品,是他一生追慕的最高峰。正是这个原因，他的小说是散文体的小说，更多的是散文的质素。晚年写的《芸斋小说》，几乎全是真人真事，属于笔记体散文。以史的观念写小说，以诗的境界写散文，以哲学家的冥想写诗，这就是孙犁的全部作品告诉我们的。

1949年后，孙犁出版过两本散文集，一本是《津门小集》，内容是他进城后深入工厂，讴歌新生的工业城市和工人阶级的新貌。新中国成立后的城市生活是新鲜的、富有生机的。他从农村进入城市，以记者、作家的眼光，观察记录普通的劳动者。另一本《农村速写》，完全是他在河北农村体验生活时写的散文随笔。这一批如短笛牧歌的作品，有的是独立的成品，有的是再创作的素材。这两本散文集，字数少，本子薄，其中《津门小集》开启"百花"版小开本散文集的先河，已成为出版史上的佳话。我这次选编，主要选的是孙犁在1976年后的作品，也就是中国文学界发生的奇观："衰年变法"的孙犁，晚年孙犁，或曰"后期孙犁"的诗文。他早期的散文和诗，已经陈列在历史博物馆里，成为历史文献和世纪回眸的风景；愿意从源头欣赏孙犁的文学风景的，自会徘徊巡视，全面了解一位风格独特、风景各异的作家。

从少年时养成惜书爱书习惯的孙犁，有个癖好是给自己的书包书皮。书皮的材料，是他从工作的报社摄影部讨来的。

在动乱年代,政治运动频仍,工作失去常态,生活陷入混乱,孤守一室的孙犁以包书皮安定身心,并在书皮上随手写下自己的所思所感。这些用毛笔写在牛皮纸上的文字,是不连续的日记,是文约义丰的随笔,是有真情实感的散文。本选《耕堂书衣文录》就选择一部分既能代表孙犁彼时精神状态,又有文学意味的片段,作为一个品类。在文学界、学术界享有盛名的《耕堂读书记》,是孙犁散文的又一个类别。1949年后,生活安定,收入渐丰,孙犁开始大量买书;买书的一条主要线索,是鲁迅先生的日记书帐。从他的藏书书目看,主要都是中国传统的读书人必读的书,很少有古董级的藏品。他也从没兴趣以书籍的市场价格来决定取舍。他的读书,读的也是常见的书。《耕堂读书记》引起读者注意和喜欢的,是他对历史、历史人物的评价,对古代已有定评的人物、事件、现象的重新认识。他以历史观照现实,激烈批判不良社会风气、文坛怪象的文字,是他的读书记的鲜明特色。《史记》的"太史公曰",欧阳修的"五代史伶官传序",王安石的"读孟尝君传"等经典,是《耕堂读书记》的脉络、精神及继承和发扬的源头。纵向看,这都是一以贯之的中国文章。曾有一个时期,文学界有一股轻视从延安出来的老作家的冷风,是孙犁的创作新面貌,止住了偏见者的无知和狂妄。第四辑《风烛庵杂记》,是孙犁继承鲁迅的杂文传统,以匕首和投枪刺向文学界不良作风的短篇文字,尖锐犀利,不留情面,当年主要刊发在京津沪穗的报刊上,曾引起广泛的好评。这些一事一议的短篇文字,目的还是希望能改善文学界的生态,呼吁同道把精力投向创作这项艰苦的劳动中去,防止形形色色的形式主义干扰、污染神圣的文坛。在20世纪80年代的中国文学界,南有巴金先生的《随想录》在反思"文革",北有孙犁一系列《文林谈屑》《芸斋琐谈》在文坛掀起拨乱反正的疾风。从那个时代过来的读书人,都能记得南北两位文学前辈的新创作。这次编选本书,我将巴金与孙犁的精神联系文字,特意放在第二辑《远的怀念》,就是要留下一份文学档案。第二辑和第一辑《芸斋梦余》是本编的主体。这两辑展示的人与事,是20世纪苦难的中国的一个缩影,也是作家孙犁的生命史。

最值得注意的是,孙犁一生的幸福、快乐,大多发生在居无定日、危机四伏的战争年代,大多发生在贫穷落后的北方农村。早已进入国民教育体系的《山地回忆》,是他对土地和人民的感恩之作,也是他对逝去的幸福时光的回味。1976年后,已年过花甲、疾病缠身、长时间不再创作的孙犁,在政治清明后渐渐复苏,开始写回忆性质的文章,主要是回忆去世的前辈、朋友、战友、亲人。孙犁是个朴素、真挚的人,他的回忆人与事的散文,以修辞立其诚的原则,用简洁、典雅的文字记下他对人的思念、评价。他一生珍惜友谊,但又永远保持人格的独立;他那著名的"文人宜散不宜聚"的观点,得到不少文学同道的首肯。孙犁孤僻的性格,熟悉他的人也能同情地理解。当他在文学界的地位和名望愈来愈显赫时,他还是依然故我,没有走出家门去当"社会名流",正像殷海光当年说的:"对于这样一个时代而言,适当的孤僻,是一种防腐剂。"

回忆儿时经历的乡村生活,为文学青年和同道的文集写序,也是孙犁散文的一大项。我这个选本,以第三辑《乡里旧闻》、第七辑《谈美》分别选择两组,请读者欣赏另一类散文艺术的特色。《乡里旧闻》,上承唐宋传奇和《聊斋志异》《阅微草堂笔记》,内容全是记实,没有怪力乱神。一篇短小的文章,就是一个普通北方农民的一生;其艺术手法,完全白描,集中看,颇似蒋兆和先生的长卷《流民图》,每个人物的面目都是沧桑。《谈美》除为自己和他人写的序外,我还选一篇体现孙犁美学观的札记,又选一篇孙犁对散文的全面思考。各辑所选作品,都是统帅于"散文"这个名目,有的也是大致分类,很难严格区分。

二

孙犁的朋友圈中,有好几位是诗人。田间、李季、郭小川、贺敬之、魏巍(红杨树)、远千里、吕剑、曼晴等,都是他在战争年代结识,并有深厚感情的老朋友。在战争年代,他曾为魏巍、曼晴编过诗集,并写有诗评《红杨树和曼晴的诗》;他自己,也写过不少战斗的诗篇。抗战时,他在冀中文化界是以评论出名的,但他更热心于写诗,认为诗是"轻骑兵",对动员民众,鼓舞斗志,打击敌人最有效。他也不讳言,他们写诗就是"宣传",是"一种口号,一种呼唤"。他的亲密的战友田间,被闻一多先生誉为"鼓手"的,有一首最负盛名的作品,那时传遍全国,诗名叫《假使我们不去打仗》。当侵略者践踏祖国的大好河山时,诗人的这首诗代表了四万万中华儿女的怒吼。孙犁及所有抗战诗篇,都属于峥嵘岁月的战歌。我这次编孙犁诗文,同样只选他晚年的新诗,让他早期的诗篇作为革命文艺的文献,留在抗战纪念馆里,成为革命传统教育的教材。

"你说孙犁也写诗?"就连文学界中人,也不太注意孙犁的诗创作,甚至不知孙犁也写诗;偶尔读过孙犁诗的,也不大看重,认为他写的不是诗;还有个别人讥讽。现代诗,也就是五四新文化运动以后的新诗、自由体诗，究竟有什么通行的标准呢？艾青在《诗论》里，对现代诗的创作有不少真知灼见，其中有一则说：陈子昂的《登幽州台歌》，既不合辙又不押韵，你能说这不是诗？从诗的韵律、格式等技术层面来分析，不少以诗名发表的作品，恐怕都不是诗；如说从生命深处迸发，带着血和泪的呼喊，从冥想中结晶的文字就是诗，则孙犁不多的诗创作就是优秀的诗篇。

实际上，最早注意孙犁的诗，并且与孙犁唱和，又以孙犁的诗支持自己的学术研究的，偏偏就是著名诗人公木。公木（张松如）后半生在大学校园研究《老子》，成就卓异；当他读到孙犁的诗《眼睛》时，深受启发，对《老子》第一章"恒无欲，以观其妙"，又加深了理解。在他的著作《老子说解》里，他完整引用了《眼睛》，并和孙犁一首长诗。本编第八辑《眼睛》，作为编者注，请读者看看孙犁这首哲理诗，并简单记述诗人公木的评价。《吊彭加木》，是记述当年一个全国瞩目的科学家在考察途中失踪事件。孙犁每天在收音机和报纸上了解搜救消息，并随着事件的进展呼吸："我和你素不相识/职业不同/你的失事/却引起我长久的怅触悲痛"。孙犁以焦灼、悲痛的心情，为一位失踪的科学家歌唱，显示了他对生命的珍惜，对科学工作的尊重。一些对孙犁有误解，认为孙犁不关心现实世界，只是闭门读古书的人，读过《吊彭加木》后，当会自动校正认识上的误差吧。歌咏北方农村的破产、农民的苦难，在著名诗人的早期创作里比比皆是。臧克家的《老马》《难民》等就是代表。到了晚年，孙犁回忆、反刍童年时经历的农村生活，写下《燕雀篇》《猴戏》《蝗虫篇》《柳絮篇》，以甜美的忧郁，对苦难的乡村怀想，唱一曲远去的咏叹调。他独处一室，孤坐窗前看日出月落，风起云散，有时进入禅定状态，诗句就从心里流出。他在《远道集》的后记里写道："夜深了，月光从窗口射进来，也有些凉意了，我钻到蚊帐里去。记忆里的那条路，还在眼前伸展，渺渺茫茫，直到我真的进入梦境，才忘记了它的始终。我的记忆中断，窗外明月高悬，壁虎仍在捕捉，蟋蟀仍在唱歌"。一个诗人在深秋时节的诗意状态，就融合在一片秋声秋色的月光里。

孙犁的诗，是真情实感、沉思默想的产物，是他的生命在历经坎坷后的晶体。他的诗，本身就赋予音乐的调子，是有灵魂、有心率的。一个老作家，之所以创作生命不衰，而且还在晚年出现突变，最根本的，是他一生都高扬理想主义的旗帜，一直在追求文学的极致，向往理想的社会。他的痛苦和欢乐，都是对初心的坚守。

我读孙犁，研究孙犁，近年才感到，作家的经历、生活、禀赋，固然是文学作品产生的要素。巴乌斯托夫斯基的《金蔷薇》，说他是研究作家的劳动。我的印象是，他还是从外在的、生活和题材的选择打造上研究作家创作的秘密。作家头脑里的复杂的微观世界，研究者怎么才能看到呢？必须像法兰克福学派一样，把弗洛伊德的心理学引进文学研究，才能比较准确地认识一个作家，并理解他的作品。孙犁很早就患一种精神疾病，大而化之的诊断，是"神经衰弱"，或说是"神经官能症"，但到底是什么病？很难说清楚。青年时期，他接触过弗洛伊德的学说；及至晚年，反思自己的一些精神现象，他隐约从弗氏的学说里找到了答案。在唐代诗人中，李贺、李商隐的作品，就给我一种印象，即诗人的精神有疾病。这种精神的异于常人，有时就在诗作中表现出来。孙犁疏远世俗社会，几乎是息交绝游，经常进入禅定状态，他的创作有时就出现瑰丽幽深的境界；细读他的诗，读者自能体会。朱清时院士近年研究禅定，他用自己的体验亲身说法："禅定后，大脑会产生新细胞。新细胞相互连接，就能重塑大脑。"孙犁的晚年变法，莫非就是大脑的重塑？可能，可能。朱清时院士的"以身试法"，拨开了我研究孙犁的一层迷雾。

三

本编分八辑，前述已略谈编者的想法，并简要谈谈编者对孙犁诗文的认识，以便与读者交流。孙犁的书信，特别是他早期和朋友的通信，热烈真率，激情燃烧，本来也可作为散文选一部分，因选本的篇幅限制，只能割爱。需要向读者交代的是，编者在本编中做了一次尝试：即在少量的篇幅中作"夹注"和"编者注"，以便读者理解作品。比如，《序的教训》是给谁写的序？这篇序文现在哪里？编者知无不言，作了小注。又比如，巴金先生读了孙犁《远的怀念》，在《随想录》里特别提及引用，可供读者参考。编者的一位朋友说："以前读书是一本一本，读了钱钟书先生的《管锥编》后，才知读书要成片。"编者是这样读书的，也想以"打成一片"的形式，给读者提供一点读书资料。当然，孙犁的诗文是现代作品，并不需要，更没必要作烦琐的考证。

八辑分类，每辑名称以第一篇作品为目，并没有特别的想法。每辑名称，也难说就能范围该辑作品，只是一个大致分法，以醒读者耳目。书信虽没列入专辑，但散文部分连带采用丁玲和孙犁的通信，还把孙犁致山西繁峙县志办的信作为散文作品选入;管中窥豹,约略可见孙犁书信的特色。

目前出版繁荣,新书不断上市,孙犁的作品早有各种选本。编者爱逛旧书店,多年所见,有一个独家发现的现象:虽然孙犁的作品出版不少,但旧书店很少看见。证明,读者喜欢孙犁,新书出来就能到达读者手中,没有压库。孙犁的作品是长新的。用经济学的名词说,孙犁的书籍还没到"市场饱和"度,出版他的作品没有出现"溢出"效应。编者希望,这一本《孙犁诗文选》能到读者手中,到读者枕旁……

让我们一起读孙犁吧!

2020年12月12日于北京西城辟才胡同陋室

日记中的孙犁

1981年

11月24日　剪辑《人民日报》陆续发的四篇"小说杂谈"。我现在是"孙迷"了。

11月27日　摘抄《黄鹂》。"各种事物都有它的极致。虎啸深山,鱼游潭底,驼走大漠,雁排长空,这就是它们的极致。"黄胄在一幅骆驼的速写上题:"骆驼在大城市被看为稀奇的怪东西,因为它失去了需要,只能在动物园作为展品。在大西北之大戈壁或沙漠中,特别显得高大,有生气。因此品到内容决定形式的道理。"两位艺术家在对客体事物的观察思考中,悟出了相同的美学。

11月29日　摘抄《远的怀念》。"他在青年时是一名电工。我想,如果他一直爬在高高的电线杆上,也许还在愉快勤奋地操作吧。现在,不知他魂飞何处,或在丛莽,或在云天,或徘徊冥途,或审视谛听,不会很快就随风流散,无处召唤吧。"

12月3日　　读完《风云初记》一至三集。第一集是"文艺建设丛书"的版本,第三集是作家出版社1963年的版本。小说尾声写得相当出色。到今天为止,基本读完孙犁先生已出版的作品,我在想,文学史在评定一个作家的地位和他的作品的价值时,依据的是什么理论呢?

12月18日　　晚,粘贴孙犁"小说杂谈"。

12月26日　　下午去国务院小礼堂听万里副总理的报告,有关农村建房事。会议结束后与吴局长同车,我没来由地问:"您知道孙犁吧?"吴答:"是个小作家吧。"吴,蠡县人,著名的"保二学潮"的领导人。抗战时,吴在冀中一带活动,知道孙犁,但在他的印象里,抗战时期的孙犁还是"小作家"。他知道我喜欢文学,曾告诉我他是梁斌的入党介绍人。

1982年

1月19日　　孙犁在《羊城晚报》的元旦版上,发表《谈师》,公开宣布,除亲授过的学生外,不再接受他人以"老师"的名义称呼他,字里行间,隐藏着温和的不快,不知谁得罪了老人家。新年伊始,他却是这般心情。

3月19日　今天《光明日报》刊出孙犁《牲口的故事》，读后剪存。

3月25日　三月号《散文》载孙犁《芸斋梦余》，读后剪贴。

5月4日　抄孙犁《新年悬旧照》，此篇发表在去年《文汇报》1月1日。

6月25日　晚上去新华社招待所看望同乡老常。和老常同住一房间的是天津日报社的小张。小张告诉我，报社抽调他编写冀中抗战史料。碰到天津来客，我们自然谈起孙犁，小张说，最近《新观察》署名"老荒"的，是孙犁写的，很精彩！小张还告诉我，《羊城晚报》，近期也有孙犁的新作。我去机关图书馆查找，没有发现；以后要注意这份晚报。

7月9日　从《羊城晚报》剪两篇《芸斋断简》。

9月22日　今天在《人民日报》副刊读到孙犁的《谈读书》。好久没读到先生的新作了，他身体可好？

1983年

9月29日　九月号《人民文学》有孙犁《关于散文创作的答问》，我抄在了本子上。

10月3日　今天的《人民日报》有孙犁的杂谈《谈改稿》，

读后剪贴。

10月5日　谢大光给《孙犁散文选》写的编后记,体现了他对孙犁作品的理解,确是知人论世之作。

10月27日　今日《文汇报》载孙犁《疤增叔》,读后剪贴。

11月5日　今天《光明日报》副刊载孙犁《吃饭的故事》。

12月3日　邮购的孙犁《尺泽集》收到,一气读完。

1984年

3月9日　今天到的《中国青年报》载孙犁新作《改稿举例》。好久没读到老人家的东西了。

5月5日　《光明日报》副刊载孙犁《戏的续梦》。

8月26日　在西单剧院看电影《风云初记》。编导在向朴素、真实方面努力,还刻意追求朦胧美,但影片在总体上是失败的。(一)太淡。没有表现出原著的诗意,以及人物细微的、不易察觉的情感变化。(二)不能要万马奔腾的宏大场面,应该走《城南旧事》的路子,几块布景,几个人物活动就够了。(三)高庆山、李佩钟这样两个主要人物,只在影片中走了过场,当了陪衬,说明编剧对原著理解、把握得不准确。原著的结尾,那种诗的调子,编导竟没感觉到?

9月7日　第四次读《铁木前传》。

10月2日　读孙犁给谢大光的信《散文的感发与含蓄》。

10月17日　与佳斌去王府井书店,买孙犁《远道集》,黄永玉《太阳下的风景》。《远道集》,补读原来没读过的。

11月27日　去图书馆翻《天津日报》,读到两篇《谈读书记》。以古喻今,针砭时弊,是孙犁杂文的特色。

12月15日　读孙犁《昆虫的故事》。

1985年

1月5日　读孙犁《鞋的故事》,几年来,在老人家的数百篇散文随笔中,这是情绪最好的一篇。看到老人家这样欢欣,我心里也高兴。现在,我为什么对孙犁、巴金的散文随笔入迷呢？结论是,除了欣赏他们的艺术、思想,主要是看到了作家的良心。

4月2日　《新文学史料》上的《孙犁年谱》,简略,清晰,修订得很好。

4月28日　读孙犁《钢笔的故事》。又读他谈赵大年一篇散文的短论。

5月23日　报载孙犁《给某刊编辑的信》,又是批评文坛的不正之风。

5月24日　读孙犁发在《收获》的《病期经历》。

7月18日　读孙犁《谈鼓吹》。又读《青春余梦》,是谈他大院里的杨树。

8月2日　读孙犁《老屋》。这篇作品透露出"生也有涯"的感伤情绪。

9月20日　好久没读到孙犁的新作了,今天看到一篇《小贩》,忍不住大笑。他对贸然闯入民宅的游商反感,一方面是世风日下,一方面是自己老了。

12月8日　读孙犁《谈"补遗"》。

12月12日　读孙犁给海南黄宏地的信。没有新意,且与他老人家以往的论点有矛盾。他主张的这种写法,也只是散文的一个类型。

1986年

1月6日　读孙犁给葛文的信。

3月2日　(在天津)魏老师带我逛文化街,购书一批。他一定要拉我去见孙犁,说"你那么喜欢他的作品"。我说不要打扰老人家吧,他还是坚持带我去见孙犁。老人家穿铁灰色中式衫，戴黑色袖套，一尘不染。我们谈了几句，他说我的感觉很好，让我写写他。他又说，写他的文章，只有吕剑、铁凝两篇比较好。老人家赠我《编辑笔记》一册，并要我把自己写的东西寄他看看。魏高兴地说："听见了吗？记住啊！"晚，冒雨返京，魏来车站送。

3月24日　昨天听孙犁说，他有一个多月不写东西了。我说要写写丁玲同志吧？他说："已经写啦，没感情了，有个青年说，全是白描。"今天找到报纸，读《关于丁玲》，发在19日的《人民日报·大地》。我读后感到，这篇文章不是"没感情"，而是将感情沉淀到心的底层了。昨天，老人家问了我的年龄，说："可以写了。""你把你的观点写出来，他们如不用，看提什么意见。"

3月25日　写完《去见孙犁》，自我感觉很好。我将稿子抄清寄天津，请孙犁审阅，老人家看过后退我，改正两个错别字，在稿子上端用红铅笔写了"看过"两个字。

3月26日　将记孙犁稿寄《散文世界》吴泰昌。

4月7日　收到孙犁一封三千字的信，是给我和安徽秋实的。今天是个值得纪念的日子。休息片刻，给孙犁回信。

7月30日　读孙犁《陋巷集》后记。长时间读不到老人家的作品，心里就不安。我害怕孙犁死。

8月16日　吴泰昌电话,《去见孙犁》在《散文世界》发。

9月27日　姜德明《孙犁的少年鲁迅读本》一文说:"现在,孙犁同志是一个人在孤独地生活着,也时常会思念起善良的妻子,素描淡写地留下了可以一记的影子,可是我隐隐地又感觉到:他终于没享受到爱情的真正滋味。"这是对孙犁感情世界的初步探索。

9月30日　读孙犁《谈头条》,不由哈哈大笑。这是《人民文学》刊发《芸斋之间》时,编辑要与另一位天津名作家"平衡"位置。

10月5日　姜德明来信说:"孙犁同志的寂寞感,我看不限于爱情生活方面,还有很多可谈的方面,可惜还少人道及。"

10月13日　读孙犁《买章太炎遗书记》。

10月14日　读孙犁《刁叔》。他的散文,越写越清劲,并无衰老的迹象,但他容易悲观,悲观时产生的文字,难免让人不安。

10月17日　收孙犁信。

11月27日　《天津日报》转载《羊城晚报》姜化文章,证明我的眼力不差:"姜化"是孙犁笔名。

12月29日　读孙犁《风烛庵文学札记》。

1987年

1月5日　去人民日报社,朱碧森又请吃饭,真不好意思。见姜德明,承赠一册《活的鲁迅》及《书讯》二期。我们谈得很投机,在对孙犁的理解上,意见完全一致,令人惊异!他说要写一篇四五千字的文章谈孙犁的散文,将孙犁与巴金并列。他们一南一北,坚持说真话。晚读《书衣文录》二则。

1月19日　读孙犁《一个朋友》。

2月4日　(在老家)小弟送来报纸,读孙犁《新年试笔》《买世说新语记》。又读姜德明《读孙犁的散文》。

2月26日　李华敏在《随笔》一期记孙犁收到《老荒集》和她的谈话:"要说我这个人真像个老小孩,那天我一看见上海文艺出版社的大信袋就高兴了,猜想准是我的样书,可又怕不保险。我就像摸纸牌一样,把书一点点往外抽,心里想着:是,不是;不是,是。最后抽出来一看,哎,就是我的书!这下把我乐得呀!"我了解,《老荒集》因出版周期太长,老人家等急了,才有这种天真的举动。

3月2日　又读了一遍《铁木前传》。孙犁在表现新生活中人与人之间的关系变化时,自觉地运用他学过的社会科学知识,企图用经济基础决定意识形态的观点对之做出形象的解释。在对黎老东的描写上,这种急于得出结论的笔墨已到了露骨的地步。这就阻碍了人物性格的深化。他的知识成了羁绊。他只"展现"而不急于"说明"时,他就是成功的。他在对生活中发生的问题执着地追问时,他探索生活和艺术的诚挚就酿成了诗。

4月2日　读孙犁刊在《大地》的信二通。

5月5日　读孙犁刊发在《光明日报·东风》的《鸡叫》,在喧哗的时代,一看见这个题目,我心里就在笑。

5月23日　大光来信,说:"听孙犁谈起你。散文选正在编,选兄哪篇,容定后再告。"

6月23日　上午8时坐车来天津,这次出差,市里安排住在交通饭店。据说,曹禺当年写《日出》,曾在这里体验生活。下午,当地机关设宴川苏饭店,我喝了几杯双沟酒。刚住下,就想明天去看望孙犁。

6月24日　上午去多伦道去看望孙犁,老人家说:"建民,咱们合张影,见一次就少一次。"这次来耕堂,我在后屋观看孙犁的藏书。线装书,他用麻绳捆起来,显得整饬。

以下追记孙犁的谈话:

你再写点诗和小说，光写散文，不能多产。

你一月多少工资？(我说一百多块)那就没多少钱买书。先得生活啊！稿费收入多吗？(我说不多)。

我四五月份写了七篇小说。

前不久吃了外面卖的酱肉，拉了好几天肚子；孩子们都来了。所以，我写了篇《告别》。以后到天津就来，也见不了几次面了。

下午，市里朋友请我在"起士林"吃西餐。饭后去马场道看望李克明。老李在北京时和我在一起工作，现在是天津市委组织部副部长，家还没搬来，他说他太太不愿来天津。我向他介绍了孙犁近况。

6月25日　上午又去耕堂，孙犁让我看他新写的小说《宴会》，我请他给我写一幅字，他说："写什么词儿呢？"我说就写苏轼答谢民师那段话吧。我拿起笔，将这段名言抄在纸上。孙犁研磨抻纸，又从抽屉取出新写的文章让我看。他写字时，不习惯旁边有人观看。

以下追记孙犁谈话：

我现在听到"道德"两个字，就觉得恍如隔世。

有大事,有小事,我们干的都是小事。

我给张志民同志寄去两首诗。我不一定想让他发在《诗刊》上,他发出来了,有两句是:"我什么都不相信。"

《散文世界》办得不错,《随笔》也不错。《散文选刊》,有这么个刊物也好。《散文》,它胶滞住了,你看我好长时间没给它投稿。

下午返京。行前,当地朋友请我在红旗饭庄吃饭。此饭庄有特色,熘腐鱼、鸡丝银针尤其好。

7月1日　下午在办公室写《又见孙犁》,自我感觉良好。

7月18日　孙犁《远道集·后记》有四句诗,以往读时没留意,今晚闷热,重翻此书,见此诗,读来大有滋味,似禅诗,似俳句:"我的记忆中断/窗外明月高悬/壁虎仍在捕捉/蟋蟀仍在唱歌。"

7月28日　孙犁《宴会》已刊出。

8月25日　读孙犁《蚕桑之事》。这一篇,情绪饱满,还有一种朦胧美,当为今年力作。

9月4日　读孙犁《颐和园》。

9月25日　读孙犁《读求阙斋弟子记》。

10月22日　读孙犁给田间信(1946年)。

11月9日　收孙犁明信片。老人家说："一到冬天,我的生活就乱了,近来写东西很少。"六月末就听老人家说要在《人民日报》发两篇《芸斋小说》,但今天才刊发。报社说,目前要宣传十三大,版面紧张。

11月13日　读《老焕叔》《悼曾秀苍》。后一篇好。

11月28日　昨晚梦中遇孙犁。

12月2日　收孙犁信,一天心情激动,抄三份,分寄永平弟、小弟、家中。老人家夸我的文章"与众不同,有自己的思想"。

12月5日　读孙犁给姜德明的四封信。

12月20日　读孙犁《买汉魏六朝名家记》。

1988年

1月3日　读孙犁《小同窗》。

1月15日 读报,知作协天津分会最近召集部分作家座谈,一些作家发表意见:没有刚正不阿的独立人格和宽容大度的民主意识,文学队伍就难以健康的向前发展。目前艺术工作商品化,文学创作实用化正向文坛渗透。我们无论是为人还是为文,都应该把人格理想和人格行为统一起来,发扬知识分子安贫乐道、甘于寂寞的为文为人之道。

座谈会的声音全是孙犁的思想。

2月28日　（在老家）小弟拿来报纸，读孙犁《写在无为集后面》，时间为上月12日，也就是我离京那天。《无为集》是人民文学出版社出的，季涤尘为责任编辑。

4月26日　收到孙犁信，即复。

5月10日　乘末班车到天津，宿老人门外一家叫"福仙池"的旅社。已是晚上十点多钟，我明知老人已休息，还是去大院看了看。"福仙池"是个澡堂子，三层，有天井，现在是白天澡堂子营业，晚上开旅馆，资源得到充分利用。我睡的是走廊加铺，在三层，一晚收两块五元。一楼大厅，有六个民工模样的人，盖着农家花被，睡得很香。我睡不着，听水管的滴答声。

5月11日　按公历算，今天是孙犁七十五岁生日。大早，我来到耕堂。

"你找谁呀?"老人在昏暗的屋里，没看清是我，待看清后，高兴得了不得："你不是说五一来吗?"

老人穿灰色条绒夹克，脸上肌肉丰腴，心情快乐。一会，李华敏送来《陌巷集》样书，老人让我给姜德明带一本。

老人招待吃午饭，四菜一汤。分手时，老人说："建民，给你带盒烟。"我笑着摆摆手。老人家抽"石林牌"，还没有我抽的烟档次高。

在耕堂度过愉快的半天，老人笑声不断，送我下台阶。

下午五点返京。夜给老人写信。

5月17日　去金台路给姜德明送《陋巷集》。姜送我他们社出版的《雅舍小品选》《笔祸史谈丛》。

5月24日　孙犁说："没有出世的书。"如此平淡简易的话，若不遍尝人生滋味，怎么能说出。

6月14日　大光来信，告老人搬家，又说《滇池》设"散文十家"专栏，让我寄一篇稿子。

7月25日　读孙犁《谈镜花水月》。老人在《人民日报》发表的一组《芸斋小说》，因是真人真事，引起个别人的不快，老人写这篇文章，就是谈他的创作初衷，也是向读后不快的朋友解释。（后来出版《芸斋小说》，我向老人建议，如不写序，就可以用这篇作为代序。老人最后采纳我的建议）

11月6日　读孙犁《石榴》《续弦》。"老年人，回顾早年的事，就像清风朗月一样变得明净自然，任何感情的纠缠也没有，什么迷惘和失望也消失了。而当花被晨雾笼罩，月在云中穿度之时，它们的吸引力，是那样强烈，使人目不暇接，废寝忘食，甚至奋不顾身。"（《石榴》结尾）创作时情绪波动，到结束时就成了诗和音乐。这是晚年孙犁散文的特点。

11月12日　收孙犁信。

11月13日　晚,又读《陋巷集》。

11月21日　下午去天津,住九州饭店,在"天一坊"吃饭。晚去拜访大光,一晚畅谈,他送我一册《川端康成散文选》,又读他给秦牧的信。

上午离京时收到孙犁信。老人的愉快心情,跃然纸上。

11月23日　同大光一起去孙犁在南开区的新居。老人赠《耕堂序跋》一册。闲谈中,我对老人说:"您年轻时写的评论文章,口气很大。"老人停顿片刻,笑着说:"口气大。"老人又说:他接受弗洛伊德学说,是从厨川白村的介绍读到的。"我很自卑啊!"

贾宝泉兄来饭店看我,适值我在外,留言。晚,高碧仁兄特给我做醋卤面,很是感谢。

12月2日　研究孙犁:分析他已写出的作品;挖掘他未写或不愿写的作品;研究他多方面的成就。

1989年

1月11日　宝泉兄来,住在我这里。他告诉我:前几天向孙犁约稿,谈到我,老人说:"建民是个诚挚的人。"我笑而不语。

2月19日　今天的《光明日报·东风》载孙犁《我留下了声音》。

3月9日　读孙犁发表在《随笔》的《我的位置和价值》。出乎意料,忍俊不禁。

3月28日　读孙犁《近作三篇》。

4月3日　读孙犁与刘梦岚的对话。

4月4日　孙刘对话今天在《人民日报》连载结束。随想:人与人的根本区别是思想境界不同,其余大同小异。思想家大都是时代的叛逆者。

4月21日　孙犁来信,告我病情和近况。

9月4日　孙犁复信告病情,我心稍安。

10月28日　孙犁来信,说病情有好转,语气无悲凉感,我心甚悦。

10月31日　读孙犁致邹明信。

11月19日　上午搭71次列车去天津看望孙犁和大光,晚乘320次返。老人身体好,精神健旺,我很高兴。

1990年

1月3日　收孙犁赠《无为集》,由姜德明转。

1月11日　收孙犁信。

1月16日　随想:孙犁感伤的成分多;汪曾祺缺少理想的光辉。

1月18日　读孙犁《记邹明》。这一篇一气呵成,痛快淋漓,也发泄了多年的积怨和不平之气。

2月24日　(在老家)小弟拿来报纸,读孙犁、宗璞新作。

3月13日　读孙犁《谈理解》。

3月23日　读孙犁《悼万国儒》。这是为万的后期落寞鸣不平,因文学的商业化而愤慨。

4月27日　收孙犁、钟叔河信。

4月28日　读孙犁《记老邵》。邵是上海《文汇报》老人,徐铸成器重的人才,曾任《天津日报》总编辑。

5月4日　在图书馆读孙犁《读史记记》

5月5日　收孙犁信。其中有句:"我写的东西,经你一指点,我再看看,每每就确实觉得有那么一种变化。但在你指出以前,我是一点感觉也没有的。"

5月6日　全家乘车去看望孙犁,在他的新居吃午饭,孙犁给保姆钱,让加几个菜。上半年,老人状态很好,第九本集子取名《如云集》,正在编辑。

5月7日　追记孙犁昨天的谈话:(一)我说您今年写得不少。"现在又不行了。我觉得写文章没用,也没什么刺激……那你要人家给你什么刺激呢。"(二)我发现他的偏单里装上了电话,问他是直拨还是分机?"我也不知道。他们都装上了。"说时,他恍然四顾,好像怕人看见他有电话。他一生对电话有恐惧,在旧居时,坚决不安电话。(三)我问他近来是否写字?"没有。咱又不是书法家,老给人写字不好。我写完字,感到很累。梁斌同志说,您临临帖吧。"

6月2日　在资料室读孙犁《楼居随笔》。搬入新居,老人的生活有了新鲜感。

6月7日　孙犁来信,说"近来生活不顺心,情绪有点消沉。"

7月2日　读到孙犁《一本小书的发现》,知悉老人又精神振奋,很是高兴。前天晚上梦见老人,图像清晰,如在眼前。

7月15日　读孙犁《我的史部书》。

8月13日　读孙犁《我的子部书》。武断,是他的缺点,也是他的优点。

8月14日　读孙犁《论通讯员及通讯写作诸问题校读后记》,口气好自负啊。

8月27日　读孙犁《谈报告文学》。

8月28日　读孙犁《闲情》。又读宫城道雄散文二十七篇。生理上的盲人,心底一片光明。

9月12日　孙犁来信,说《如云集》已交大光。近日神情恍惚,百无聊赖,收老人信,心情马上变好。

9月21日　收孙犁信。

10月4日　收孙犁信。

10月12日　孙犁寄一份《天津日报》。

11月21日　读孙犁《秋凉偶记》,其中说贪官污吏每坐轿车回家,"车尾巴就翘起来",司机、家人忙着往楼上搬东西。这是老人搬新家后发现的社会现象。

1991年

4月22日　今天最高兴的事,是读到孙犁《记陈肇》,我当成是老人康复的好消息。

5月15日　去资料室,读孙犁《忆梅读易》。

5月20日　收孙犁信及给我写的条幅。

5月24日　因孙犁老人的条幅,又读《史记·虞卿列传》。穷愁著书,"吾不试,故艺","文章憎命达",都是一以贯之的中国传统思想。文人的思想、行动不能作用于社会,或为现实不容,只得隐居一个角落,退而著述。"穷愁"不是经济困窘,而是一种精神状态。

6月13日　孙犁来信,告病无大碍。我心略宽慰。

7月5日　收孙犁信。

7月31日　收孙犁信。

9月11日　收孙犁信。

9月18日　孙犁来信说:"到头来,只能落成个虚无主义。"

10月24日　读孙犁《文虑》。

11月24日　出差唐山,中途在天津下车去看望孙犁。老人不久前大病一场,腿力大不如前,步履蹒跚。老人请保姆把他写的两首诗装在画框里,其中一首是:"不自修饰不自哀/不信人间有蓬莱/阴晴冷暖随日过/此生只待化尘埃。"分手时,老人语多悲伤,我心里也难受。

11月30日　孙犁来信说,《随笔》黄伟经约稿,让我抄几封他给我的信发表。

11月31日　收孙犁信。

1992年

2月1日　去琉璃厂,帮孙犁买《唐才子传》。夜翻阅自己的一册。以传带评,用细节刻画人物,读来兴味盎然。

2月5日　孙犁在读书记中,谈了不少古代文人做官后得意失意的事例。他是要找出一些带规律性的历史教训。

2月11日　收孙犁信,告诉我已收到帮他代买的书。

2月17日　读孙犁《残瓷人》。这是谈他50年代访问苏联时买的一件工艺品。

2月24日　收孙犁信。

3月2日　收孙犁信。

3月10日　孙犁专门来信,说今年决定不过生日。

3月23日　读孙犁给徐光耀的信。

4月8日　读孙犁《我的读书生活》。其中有两点值得注意:1.越买书越离本行远;2.古籍,不要什么都注解,应留下一些,让读者自己查找,养成治学的好习惯。

5月7日　(在定州开会)去邮局给孙犁发贺电。

5月8日　晨,从定州出发,三小时后到达盼望已久的白洋淀。旅游线路一开,安新县到处乱糟糟,闹哄哄。乘船在水淀转,在纵横交错的苇田里游览,我脑子里想的是孙犁的白洋淀系列作品。作家与本土风光的关系,属于文学地理的话题。

5月12日　读孙犁《野味读书》。

5月16日　孙犁来信,说生日连碗面条也没吃。我心戚戚矣。

5月22日　孙犁来信,回答我问的"白洋淀系列"事。

5月26日　读孙犁《庸庐闲话》。老人署一新别号"庸庐"。

6月11日　孙犁来信,说《如云集》要给我送样书。他还想编《书信集》。

7月14日　读孙犁《买朱子语类记》。

7月20日　前几天给孙犁一信,今天又收到他的来信,发信时间大致相同。老人说他"精神不好,饮食也差",信中弥漫孤寂的气氛,令人心酸。

7月21日　下午,乘车去天津,住在学湖里对过的石化招待所。夜有暴雨。

7月22日　晨在住所吃一碗馄饨、三个包子。第一次听到,天津话说给碗里打个鸡蛋,叫"飞"个鸡蛋。饭后去耕堂,相见大乐,谈三个多小时,得《如云集》。老人送我他包了书皮的《章太炎先生家书》《中国日记史略》。耕堂的书橱上,置放老人新写的"大道低回"四字,我问出处,老人告诉我:"扬雄。"

下午乘车返,途中补读《如云集》未寓目的篇章。

8月7日　收孙犁信。

9月10日　收孙犁信。夜,粗读一遍《积微翁回忆录》,有读后记。

9月21日　收孙犁信。

10月4日　收孙犁信。

10月12日　孙犁寄一份完整的《天津日报》,内载他的《读画论记》。

1993年

1月3日　收孙犁信。

2月2日　孙犁信,报告春节简况,重申"不再写作"。我近日多梦,梦境清晰,即冰心说的:"我梦中都知道我在做梦。"

2月15日　收孙犁信。

3月15日　收孙犁信,告诉我近日身体恶化,又说将我写的论语的一段话用毛笔写好后装入镜画框,"条幅后有小字跋语:癸酉年初,文集印成,余忽有搁笔之想。北京卫建民闻之,遂录此语以适吾意。呜呼!言与不言,两大难题。圣人所言,亦不过欲无而已,不然,何以尚有《论语》行世乎?"接读此信,恨不能立即去天津看望老人家。

3月16日　前晚梦见孙犁,昨天即收到来信,此所谓"心灵感应"乎?

3月17日　晚给天津打电话,问孙犁病情,玉珍大嫂接。

3月21日　晨去天津探望孙犁。老人日渐消瘦,然精气神还好,我心稍安。老人一定要玉珍大嫂给我冲一碗藕粉,说是才从杭州寄来的。《论语》中的那段话,他写了两幅,择一幅送我作纪念。老人又取出一份未刊稿让我看,是因北京一位作家的言论而发的。

离开耕堂,又去看望大光,大光让他女儿去叫蒋华,四人同在一家叫"桂园"的饭馆吃饭。晚坐大巴返京。

3月22日　下午收孙犁阻我来津的急信。

4月26日　电话问孙犁病情。晓玲姐告,近日仍是腹泻,有住院的想法。

5月11日　收孙犁信。

5月26日　孙犁明天八十整寿。下午去津,刚上楼,碰到玉珍大嫂,告诉我老人上午刚住院,原因是昨晚休克。

夜宿水晶宫饭店。

5月27日　上午去医院看望孙犁。老人家主要是缺乏营养,住院治疗一段时间,就能恢复。临别回望躺在病床的老人,心里很难受。

6月4日　给天津打电话,问候孙犁。二姐说,现在已能扶着下床,但心情烦躁。

6月11日　电话问孙犁病情,知老人家饮食还是不行。

6月25日　电话得知,孙犁动手术,情况很好。

7月9日　电话得悉,孙犁情况良好,一天比一天好。

8月28日　电话知悉,孙犁出院,食量大增。我很高兴!

12月8日　上午去天津看望孙犁,与老人同吃午饭,得《孙犁新诗选》。老人有一种恬淡的心情。但愿老人家长命百岁。晚同大光、蒋华及他们社的司机在"桂园"吃饭。住水晶宫饭店。

12月18日　收孙犁信。

12月28日　社里在三里河一卡拉OK联欢。我每进娱乐场所,即感空虚无聊。归来收孙犁信,精神为之一振!

1994年

1月6日　收孙犁长信。

1月17日　收孙犁信。

1月22日　收孙犁信。

2月3日　收孙犁信。

2月18日　收孙犁信。

2月20日　去天津看望孙犁,得《孙犁散文选》一册。老人身体健康,我心中欢喜。一个高尚的人,一个纯粹的人,一个脱离了低级趣味的人。见了孙犁,我就想起这段话。

2月26日　读孙犁《题文集珍藏本》。老人的文章,总给人全新的感受。小弟在电话里说:"写得真好!"

3月21日　读孙犁给韩映山、徐光耀信。

3月25日　收孙犁信。

3月28日　大光来,带来孙犁《读画论记》。

3月30日　天津孙犁研究会成立,给我来一份通知。我因出差,发电传贺信。

5月16日　今天是孙犁生日。适逢我值班,动弹不得,只好发一贺电。下午打电话问候老人。

5月21日　收孙犁信。

7月2日　下午收孙犁信及老人用毛笔抄的两首杜甫诗。

7月25日　读孙犁给肖复兴的信。

8月26日　收孙犁信。

9月2日　收孙犁信。

9月5日　去资料室,读孙犁《当代文事小记》。

9月12日　收孙犁信。

10月6日　孙犁昨天写的信,今天就到我手,堪称神速。

12月23日　下午去办公室,收孙犁信。

1995年

1月4日　收孙犁信。

2月4日　收孙犁信。

5月5日　今天是孙犁生日。上午,赴津给老人家祝寿。晓达兄说,老人出了一百元请客,史无前例。老人送我铁凝送他的一盒华笺。铁凝随笔《孙犁与纸》曾谈此事。

1996年

5月15日　晨坐"游1号"去天津看望孙犁。老人蓄长发,留胡须,手指甲很长,让我大吃一惊! 他不断进进出出,手指外间说:"就她给我造了个大谣!""建民,原谅我一次,不要在这里吃饭了。""建民,咱们这是最后一面了。"我看老人这个样子,不敢久留。出门时,保姆看见我,满脸通红。耕堂内一定发生了什么事,但我不敢细问。老人欲言又止,我不能追着问。

1997年

5月11日　去天津看望孙犁。老人已移住在晓达兄家,听晓达家嫂子说,老人不换衣,不洗澡,不理发,但精神还好。我将新出的书双手送给老人,老人家接在手上,使劲拍了一下,一言不发。他现在是自毁自哀,不读书,不看报,只靠零碎的记忆,在纸上写一些人名。

1998年

1月8日　孙犁研究会来函,让5月份交一篇论文。

1月21日　人民文学出版社胡真才答应送我一套《塞万提斯全集》,下午骑车去小街取。又顺便讨一套《静静的顿河》。去出版社后楼,取王仰晨赠我的《巴金书简》,在新文学史料编辑室买载有孙犁致康濯信的一期。看望沈昌文不遇,沈在门上粘了他的一张名片。

读孙犁致康濯信。四十岁之前,孙犁对创作多热情!

5月1日　晨冒雨去天津。八点三十五分开的车,票已售完,我只得花四十元买黑票。

孙犁病重,瘦得厉害,有时神志不清。我翻床头柜上的纸片,是老人家乱涂的人名,字迹哆嗦。晓达兄招待吃面条。天津日报社几人亦在。

6月26日　晚乘车去天津,在西站下。天津高温,晚十点以后,街上仍有人在露天吃大排档。住天津日报宾馆。

6月27日　出席孙犁创作讨论会。山东画报出版社来人带他们出版的《芸斋书简》《书衣文录》送与会人员。

1999年

2月18日　电话问孙犁近况。除夕,晓达一家去医院,老人吃十七个饺子。

10月25日　山东画报出版社出了"耕堂劫后十种",六十四开本,系孙犁在1976年后的新作。这是有眼光的出版家的决策。

2000年

5月3日　上午开车去天津看望孙犁。老人住在总医院,已不能下床,由四名护士特护,但每天三顿饭还能吃下。这次见面,老人断断续续给我说了三句话:(一)"《红星》主编是谁?"(二)"回去。"(三)"谢谢你。"

2001年

1月1日　昨晚梦孙犁,中午给晓达兄打电话,知老人近期饮食不佳。

4月27日　晨开车去天津,路遇大雨。下午去总医院看望孙犁。人老了,一年不如一年。

8月12日　荣宝斋来电话,我送的孙犁条幅已裱好,让去取。我曾请孙犁写一幅字,多年没装裱。

2002年

6月21日　天津孙犁研究会来通知,明日在白洋淀开会。

6月22日　晨开车去白洋淀,七十分钟即抵安新,按路标指引,先去大张庄堤;刚踏上台阶,就看见满眼芦苇。白色的雾缭绕在无边无际的苇田。此地有一旅游码头。抗战时,这里是冀中军民抗击敌人的战场,也是孙犁创作灵感的源泉。

下午乘机船在淀内游,淀水浅且浑浊,小船几次搁浅。导游说:"没有孙犁,就没有白洋淀的知名度。"

晚宿安新县。

7月11日　上午分别接天津贾宝泉、济南邓基平、上海徐坚忠电话,告诉我孙犁今晨六时逝世。震惊!半天木然,不敢相信。又给天津打电话,晚收看电视,始证实。

晚,流泪读孙犁给我的信。坚忠嘱写悼念文章。

7月13日　中午开车去天津吊唁。灵堂设在友谊北路天达里。向老人遗像鞠躬,见晓达兄妹。晚,返京,赶写悼文。

7月14日　下午一人来天津,住利顺德后楼。一宿无话。

7月15日　上午10时,遗体告别仪式在北仓第一殡仪馆举行。安新县送来白洋淀的荷花摆放在老人遗体周围。与老人作最后的告别,我泪流满面。冯骥才是性情中人。在贵宾休息室门口,我看到,冯倚在门框,眼里含泪。杨栋从沁源赶来送别老人,坐我的车返,我请他在丽泽桥一饭馆吃饭,他坐长途车返晋。晚,悼文改定,发上海徐坚忠,周毅也要看看,遂发她一份。

7月16日　上海发来悼文清样。

7月21日　罗新璋晚来电话,说我发在《文汇读书周报》的悼文写得好。罗又告诉我,法文版《中国文学》创刊号,就翻译刊发《铁木前传》,外国读者反映很好。

7月22日　　社科院白滨来电话,说我的悼文写得好。

（注:在我的日记中摘录与孙犁有关的内容,等于回放我与老人的交往历程。我从青年时代就读老人的书,并有幸认识老人,相互通信,成为我生命中的重要事件。我的成长,有孙犁作品的滋养和孙犁高贵的人格精神的浇灌。出版《耕堂闻见集》,自然少不了这一部分内容。）

孙犁致卫建民信六十二封

1986

建民同志：

你的来信和你爱人寄来的玉米面和核桃仁均收到。赠品质高，包装清洁妥帖，足见她用心之细。请代我向你爱人致以深深的感谢，感谢她的盛情厚意。

发表在《光明日报》上的那封信，原有一个副标题，编辑给删去了。很是遗憾。

我一切如常。听说你访问我的那篇文章，已发在《散文世界》，想早已见到矣。

祝

近安！

孙犁

10月14日

1987

建民同志：

大函、刊物，你爱人寄来玉米面，均收到，甚为感谢。我正没有了玉米面，寄来这样多又这样新鲜的煮粥之物，足够我吃一冬天的了。请写家信时，代我致谢为盼。

一到冬天，我的生活就乱了，近来写东西很少。去年写的东西，编了一下，已交人文出版社，书名为《无为集》。也是薄薄的一本。

祝好，并问

编辑部同志们大安！

孙犁

10月30日

建民同志：

11月25日函及刊物，收到。我有《作家》，你写的文章，早已看过，看了两遍，觉得与众不同，有自己的思想。

这当然可以称作作品，因为不只有对象，也有自己。

不知你看过李又然的散文没有,他写东西很认真,也很吝啬,一字一句,推敲不已,虽不能说:不惊人,死不休,可也称得上,吟成一句,白发几丝了。这种谨严的创作方法,使他留下来的作品很少,而且知音也不是太多。这是一种文学史上,不止一次,出现的现象。

你写东西,还可以放开一些,随便一些,这样就可以多产一些了。

晴窗无事,多谈几句,望你参考。

祝好!

孙犁

11月29日

孙犁致卫建民书信

1988

建民同志：

4月20日信敬悉。

我还住在老地方。东西都装好了，新居的电尚未通，所以就等着，什么也干不成了。

给你的那封信，登在今年3月18日《天津日报》第五版上。

今年的生日，恐怕还是自己吃一碗面条。其实，我差不多天天吃面条，但到了生日这一天，如果自己没有忘记，还总是要吃一碗的。

祝

近安！

犁

4月23日

建民同志：

来信收到。搬家后诸多不顺，现在总算安定下来了。从8月10日到今天，什么也没干，书也没读，文章更没有写。前几天和郭志刚谈话一次，天津日报《文艺》双月刊要整理发表。

近期来信，请寄天津日报社转。棒子面寄到旧址，还是可以收到的。向你致谢！

祝

身体好！

犁

11月9日

建民同志：

荆扉同志寄来的物品，已经收到，实在感激得很！请向她致谢！

这几天，一天三顿都喝香甜的粥，还蒸了一次丝糕，有时佐以糖炸核桃仁，实在是一种享受。

《散文世界》上那篇文章，我正猜想是谁写的，收到包裹后,才明白了。

我这里还是不大安定。暖气还没来,已经跑了两次水,地面水深寸余,你可想见我的情绪的低落了。

祝好!

犁

11月18日

1989

建民同志:

4月14信,收到。上一信也收到了。

上月10日,我突发眩晕,较重,经医治休息,基本上已恢复,勿念。

《芸斋小说》已编好,共30篇(有几篇原不是芸斋小说)。最初,我建议德明①,请你列一目录;后来,他们自己弄好了。

---

① 姜德明:作家。曾任人民日报出版社社长。

近来,不想再写什么,彻底休息一下。

祝

近安!

犁

4 月 19 日

建民同志:

8 月 29 惠函奉悉,甚为感谢!

我所犯为宿疾,静养一段时间,即可痊愈。希勿念。

只是不能写文章了,书也很少读了。

即祝

近安!

犁

8 月 31 日

建民同志：

今天取到你的爱人从洪洞寄来的棒子面和核桃仁，质量既高，数量又大；关怀之意，感激莫名！你写家信时，务希代致衷心的谢意。

我一切如常，身体较前稍好，然仍不思写作，读书也很少，尚在休息中，不知何时方能振作也。

祝

近安！

犁

10月24日

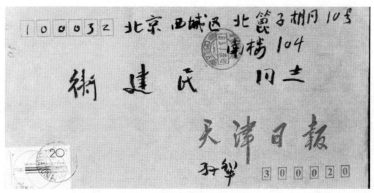

孙犁寄到卫建民宿舍的信

1990

建民同志：

签名本《无为集》，前托德明同志转上，不知收到否？

你上次在舍下谈到的你给我的那封信，已叫报社查找，没有找到。恐怕是遗失了。

春节，不知你返乡否？

我一切如常，请勿念。

祝好！

犁

1月8日

建民同志：

顷奉到你托人带来的丰盛可口的食品，非常感激！

我因长期腹泻，自己又不注意，身体虚弱，月初忽引发心脏不适：心慌、间歇，急请大夫医治。除服药外，报社又特为购补品多种（因外传我舍不得花钱），遂一改饮食习惯，每日大嚼花旗参及蜂王精之类。还真有些效果,症状已明显减轻,望你勿念。心脏如钟摆,用的时间长了,中间且多乱摆乱摇,到了一定时候,出现点毛病,也是很自然的。

今年春节,家人都齐集,不愁无人服侍。我已在门口张榜谢客,静坐窗前思过,书不看,文章也不写了,是个病人模样了。

前托德明转上读书记一册,想已收见。

即祝

春节快乐!

荆扉同志大安! 孩子好!

孙犁

2月12日上午

建民同志:

你好。你春节前后寄多伦道的那封信,也丢了。

我近来写了一些文章,文汇(3月29日),羊城(3月10日)均有发表。另在《天津日报》连载一读书记,约一万字。前两天寄《光明日报》一文,题为《记老邵》,约三千字。

你近来又写了什么文章吗？家眷已来北京吗？

　祝

春安！

犁

4月14日

建民同志：

今天收到你27日来信，祝贺宝眷来京，一家团聚！今后，你就更可以专心写些文章了。

我写的东西，经你一指点，我再看看，每每就确实觉得有那么一种变化。但在你指出以前，我是一点感觉也没有的。

4月22日发在《光明日报》一文，你也读过了吗？

我的生日已过（阴历四月初六），你可能又记成阳历了。

　问

荆扉同志好，孩子好！

犁

5月1日

建民同志：

刚刚收到你的来信（6月2日）。

近来和我谈论文章的人，已经不多，你的言论，常常引起我的兴味，但是，希望能谈一些缺点。

"小高潮"还没有形成，目前又低落了。主要是生活近日又不太顺心，情绪有点消沉。但愿很快过去，继续我们的"苍头突起"。

我总觉《如云集》字数不够，又不愿细算，序也没有写。

祝

荆扉和孩子好！

犁

6月3日

建民同志：

久未通讯，我想你在忙于安顿家务。入夏以来，天气奇热，我消夏之法，即为写作，虽汗流浃背不止。陆续发表了一些读书记，惜都在天津，你可能看不到。这倒真是一个"小高潮"。

《如云集》的稿子,谢大光①昨晚已拿走,字数是没有问题,惜读书记多了一些,创作少了一些。

后记,一点想法也没有,不知道能写出否? 因你一直关心这本书,故及时奉告。

我一切如常,希勿念。

祝

全家安好!

孙犁

9月8日

建民同志:

10月31日信,今天收到。10月份没有写东西,不是身体的原因,而是情绪又有些低落。

你总是能先得我心。近日写了一些文学杂记,原为十五节,经合并,成为九节,共五千余字。已经复印了,细读一遍,真如一路闷棍横扫下去,不分男女老少,多有伤害。因此,能否有勇气发表,尚不敢定。

---

① 谢大光:散文家。曾任百花文艺出版社副总编辑。

　　另，出版社已经着手编辑我的文集续编，约计字数为八十万，拟出两册。同时再版原有五册。此事，春节即动议，拖到现在才开始动作，何日能出书，则甚难预料。知你关注，特先告知。

　　我一切如常，请勿念。你多写些东西吧，路子可放宽一些。

　　即祝

近安，并问荆扉和孩子安好！

孙犁

11月5日

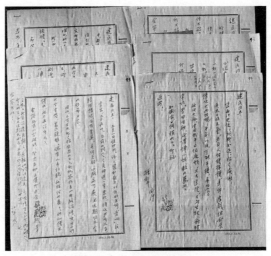

孙犁写给卫建民的书信

1991

建民同志：

收到来信,祝您春节愉快,阖府安康!

每到节日,我就整理点稿件,这几天把过去一年写在书套上的字,抄了一下,共六千字,定题为"甲戌理书记",拟一次在《天津日报》发表。另,最后一本小书已交给出版社,定名为《曲终集》,昨天并写了一个短后记,已投寄《人民日报》,如能刊出,你即可看到。

《人民日报》上登的那则题跋,原是寄给他们的"艺术评论"作为补白用的,后来转到副刊,又错了两个字,"内府"排成"内衬","诸书"排成"读书"。

即祝

近好!

孙犁

大年初一上午

建民同志：

前后二信均奉悉，甚为感谢！

《记陈肇》一文乃大病所写，在报社放了五个月才得发表，并抹去了写作日期。

今寄上字一幅，是过去写的，现在手、笔、墨都不佳，更写不好了。

即祝

荆扉及孩子好！

犁

5月17日上午

建民同志：

前来信敬悉。那篇文章，只能当作小说看，不能联系实际。不过，孩子的话，说得很有见地。

我的病，近来无恶化，但亦无起色，老年人，也只能这样了，希勿念。前几天寄一篇散文给《光明》，如能登出，请指正。

祝

全家安好！

孙犁

6月11日

建民同志：

6月15日信早拜读，所释"穷愁"二字，甚确。

我的字写不好，你花钱去装裱，实是浪费。上款因系后加，过去有人多谈到，因系剩墨，易阴湿，致使字幅整个作废。此次我极力少用墨，未审效果如何？

《光明》文章，无大意思，又赶上"七一"，恐怕还要等一等，方能刊出。此篇以后，即未再写，恐从此结束矣。

我的病，仍如前信所述，无大变化。

听人说，你们的刊物上有一篇文章写我，刊物我尚未收见，不知作者是谁。

炎夏到来，望注意起居。

即祝

全家安好！

孙犁

7月2日

建民同志：

7月23日信，今晨收见。《光明日报》，我尚未见到。此文情绪低落，是我病中心情不佳的反映。已经不只"淡然"，竟是白茫茫一片了。

今年大热。我的病，没有不良症状，但也在逐渐向下走去。静坐心烦，闷热。我的习惯是用写东西来避暑，代替摇扇与空调。近日补足旧稿两篇，新写两篇。其中有一篇是自悼文，如寄出，我当告你刊物名字。

人到这种地步，最好是封笔。但别无消遣之方，仍在信口胡言，恐不大好，所以也在考虑结束。

《文汇》的读书笔记，第四节已发出（上次印错三个人名），漏去标题。此文写于去年11月，发表的也算够慢了。已决定不再往那里投稿。

《新民晚报》登得快，所以，另外几篇，都登在那里。他们校对也负责任。

"投稿"环境，也要选择。

祝

夏安！

孙犁

7月26日

上次说的刊物叫《中国食品》，文章题目为"孙犁爱吃粥"，作者"胡声"，我没找来看。

建民同志：

近好！

我前所说自悼文，刊于《新民晚报》8月30日"夜光杯"。

又读了一遍，觉得没有什么意思。编者可能也难办，放了比较长的时间才登出。

我近一切如常，身体还算不错，夏季算过来了。

祝

全家安好！

孙犁

9月7日

建民同志：

9月11日信敬悉。近年来，已很少有人和我谈文章得失，故每有疑难，总是写信给你，看看你的想法；而你每次所谈，都能深得我心,这是很使我高兴并感激的。

我的毛病,在于少实际,多幻想,这还够不上理想主义,到头来,只能落个虚无主义。

祝

全家安好!

孙犁

9月15日

建民同志:

前后来信、来件,均收到,甚为感谢!

总惦着给你写信,只是近来我这里忙乱一些,拖下来了,劳你惦念,甚为不安。

因不久前发了一批信,故这批信,要看机会再发。发前我要修改一下我的信。你写的附记,我看不要发了,免得得罪人。你看如何?

新年到,谨祝

全家快乐!

孙犁

12月28日

1992

建民同志：

前后信均收见。寄来《简报》①亦收到。这种《简报》，我喜欢看，以后你们那里如没用处，可随便寄我一些。从封面上，见到《唐才子传校释》一书，此书，我曾托人买过，没买到。你方便时，可到中华书局门市部，再问一问，如有，请代我买一本，书款后当奉还。

近来，做饭的人病了，我这里很乱，心脏亦因经常失眠，时有不适。然前一段，还写了小稿十篇，已陆续寄出矣。

即祝

春节全家快乐！

孙犁
1月23日

---

① 《古籍规划出版简报》，国务院古籍规划出版小组办公室编印。

建民同志：

收到来信，甚为感谢！

我楼下已经钉好一个木制大信箱，收受印刷邮件无问题。书如能买到，寄时请挂号。

我的病，短期无大碍。大体情况，比去年此时好多了。可望过一个平安春节。

即祝

春节阖家快乐！

孙犁

1月31日

建民同志：

刚刚收到您寄来的书。这样麻烦您，十分感谢！

我原有一本解放后印的《唐才子传》，薄薄一本，也读过了。后来被那位张同志拿去送人了。因此，在我脑子里，就"缺"这一本书，想补上，其实并不想再读。前几年见中华书局出了一本《校笺》，这回从资料目录又见到《校注》（上次信误写为校释），就又以为还是中华那一本，看了序言，才知是两码事,可见我近年的荒疏了。好了,书算补上了,劳您跑了几个地方,再次谢谢您。

即祝

春安!

犁

2月8日

建民同志:

前后信及寄来报纸,均收见。你写的文章,前几天已经有人送给我,看过了,写得很好。你把我的创作分为四期①,不知前三期如何分法,望便中告知。

前几天,我给你汇去二十元②,收到后请不要见怪。我不是违反你的意愿,只是觉得叫你们出钱给我买书,太不合适。

① 我在研究中将孙犁的创作分为四期:中学时期的追求,北京街头的徘徊,抗战、内战的参与,为第一期;新中国开国之初的喜悦,感情生活的复杂,欲飞乏力的苦闷(艺术追求,生病),政治运动的冲击,为第二期;治愈创伤期间的反思,"文章走运"的振奋,"为时而著"又不触时忌的自觉,在文学领域全线出击的姿态,为第三期;第四期是,作家"已进入无欲望状态",艺术上达到了炉火纯青的境地。

② 代购《唐才子传校注》,孙犁寄来书款。原书定价17.80元。

另外,身边有一张汇款单,放了好多年没用,顺手就填上了。

《残瓷人》,是春节当面交给刘梦岚①同志的,我说写得消极了一些,没想到她很快就发了。

此外,《羊城》还有三篇,《新民》有一篇,未发。这就是去年年底的所谓"十篇小稿"。最近好像又没了情绪。

《简报》早就收到,都看过了。

即祝

春安!

孙犁

2月21日

建民同志:

2月24日信,今天收到。我给你写回信,是因为我闲着没事,而且有话要说。你的四期分段法,我看很新颖,很有意思,是否可以费些时间,写成一篇论文,也算是一家之言吧!

这几天写了两篇散文,标一总题:新春怀旧,以应时令,交

---

① 刘梦岚:时任《人民日报》文艺部编辑。

给《今晚报》发表，我想很快就可以见报。

我在什么地方提到"时达"，我都忘记了，而你却记得，足见是认真读过我写的东西了。

即祝

近安！并问荆扉和孩子好！不必回信。

孙犁

2月27日

建民同志：

有件事预先和您谈谈：鉴于我的身体现状，怕兴奋，怕紧张，怕累。今年决定不过生日。你的热情，我是知道的，所以告诉您，到时千万不要专程来看我。"恭敬不如从命"，务希理解。有什么意思，可写信表达。并望将此意转告荆扉同志。

专此，即问

近安！

孙犁

3月9日

建民同志：

你在定县①发来贺卡收到，甚为感谢！

生日那天，男孩子出差广州，大女儿早几天，我叫她回石家庄去了。二女儿有病没有来。这一天，我甚至连面条也没有吃。但报社同人，因换了新班子，还是来了不少人，并合影留念，弄得很累。

我身体尚可，望勿念。只是不想写东西，书也很少看了。

即祝

全家安好！

孙犁

5月13日

建民同志：

5月16日来信，收到。

所问："白洋淀纪事"当时有无计划？初到延安，我写了

① 孙犁生日那天，我正在河北定县开会。会后即去考察白洋淀。

《五柳庄纪事》(现在文集中有《村落战》一篇),好像未成一组。后写《荷花淀》,又称"白洋淀纪事",对"纪事"一词,好像很有兴趣,也许是不便称为小说,是报道性质。当时也可能想写一组,但战争年代,什么"计划"也谈不上,不久日本投降,我就离开延安了。直到回到家乡,才又去白洋淀写了《采蒲台》等数篇,就是人文后来出的《荷花淀》小书一册。我只在同口教了一年书,平日也不大出校门。抗日故事是听来的,所以有人说,我的小说,"想象"成分多。其实,《荷花淀》等篇,是我在延安时的思乡之情、思亲之情的流露,感情色彩,多于现实色彩。

我一切如常。还是不愿写东西。书也读不下去,这可能是天气突然变热,心脏又不很安定所致。但无大碍,勿念。

即祝

全家安好!

孙犁

5月20日

建民同志：

先后来信及寄来刊物、剪报均收到，甚为感谢！

《随笔》来信索稿，我手下无一字，乃将你抄来的信共四件，加以删改寄去，请黄伟经①酌用。

《如云集》样书来了，我将给您留一本。此书较《无为集》多一百页，因系三年文章。其中收有致您的信二件。

有机会，我还想印一本书信集。青年时的信，有热情，多长信，已无存者。近年多短简，但为数亦可观，且聊胜于无。故望于闲暇时，仍抄些信给我寄来存放。此事不忙。

仍无写作情绪，身体还好，勿念。

即祝

全家安好！

犁

6月8日

——————————

① 黄伟经：时任花城出版社《随笔》主编。

建民同志：

黄伟经来信，那几封信在第五期发，已是10月底了。

你叫我写起来，实在没有情绪。为了练练笔，近一个月断断续续写了十几则题跋，已开始在《天津日报》《羊城晚报》及《文汇读书周报》分别登载，都是关于古书，没有什么内容，又没劲写下去了。

现在心脏没什么变化，只是没有精神，吃饭也差一些。

北京中国广播电视出版社，有位编辑，是吕剑①同志的儿媳，要编我的散文，寄了她们出的样书来，考虑到和吕剑同志的老朋友关系，我答应她们编一部。本来我对目前印书，一点兴趣也没有，身体又这样，能否见到书，也是问题。她们出的书，讲求全。

你近来一切都好吧？又读了些什么书？写了什么文章？

即祝

暑安，并问候荆扉和孩子好！

孙犁

7月15日

---

① 吕剑：诗人。

建民同志：

昨天读了您发在《文汇读书周报》上的文章。好像话还没有说完。

你走后，我即查阅《书目》，没有《契诃夫书信集》这本书，有一本契诃夫的妹妹写给他的信，这种书恐怕早已送人了。

您走后次日，王勉思同志（康濯爱人）来看我，谈了好久，始终没提那些信件的事，不知何故？

我一切如常，天太热，脑子不清楚，东西写不成了。

即祝

全家安好！

孙犁

8月5日

建民同志：

前后寄来刊物及信，均收见。广播出版社的人，因不熟，其编辑进程，亦不明了。所以你愿意帮忙的事，也一直不好向他们提出。

前些日子，凉快了几天，写了几篇小散文，交给《散文》和《绿叶》，另一篇在《文汇读书周报》刊出。还有一封信，听说要发在《美文》上。

近来,又没写东西,没有情绪,心脏在变季之时,也有些不稳定,但不要紧,希勿念。

问荆扉和孩子好!

孙犁

9月8日

建民同志:

来信收到。欧公①是个纯净的文人,是安分的"儒",所以他的一生,虽然也有人造他的谣言,但官做得还是平稳的。几次贬抑,也只是仕途之常,没有流到琼崖去。他的这种想法,②是真心话。当然他也遇到了好时光,宋朝对待文人,是很宽厚的。

每到换季,我就担心犯病。近来又有心悸亢进,又在吃药。

前几天,陕西人民出版社来组稿,又是"随笔名人系列",

---

① 欧阳修。

② 欧阳修反对新法。他对神宗说:"时多喜新奇,而臣思守拙;众方兴功利,而臣欲循常。"孙犁的议论,即从我给他信中的"这种想法"引发。

经过考虑,我谢绝了。但前此,答应了南大一相熟教授为河南编"名作家代表作",已悔之不及。今后再也不叫人"炒剩饭"了。

你那里如果有登载"我的珍贵二等"的《文汇读书周报》,请你把这篇文章给我复制一份寄来,如果不方便,就算了。他们寄给我的报纸遗失了。

你读的宋书,是什么版本?

祝

全家安好!

孙犁

9月15日

建民同志:

知道你打电话问我的身体,甚为感谢!

第五期《随笔》,我一直没有收见,恐怕又寄丢了。

北京如果有零卖这种杂志的,请您给我买一本。或把信和黄裳①的文章(听别人说谈到我的读书记)复制一份寄来为盼。

麻烦您！祝

节日快乐！

孙犁

9月29日

建民同志：

前后来信、电话、刊物均收到,甚为感谢！入冬以来,心脏不稳定,什么也干不成,信也写得不及时。然每年如此,亦无大碍,希勿念。

文集出版,对我来说,确是一件大事。此事,查1990年11月5日,我写给你的信开始动作,至今年11月始见到成书。在编辑工作方面,虽尚不尽如人意,然后期出版社抓得很紧,印

---

① 黄裳:作家、藏书家。在与刘绪源的对话中,说起书话一体,黄说,"《耕堂读书记》就很精彩"。

刷、装帧、校对,在今日仍属上乘,他们是竭尽全力的。续编共三册,统为八册,限印二千部,约定概不赠送,我只得五部。近闻除预定外,销售顺利,国内售价已涨到三百元,海外六百元一部。出版社可略有盈利,用来印一些续编普通本,以满足以前曾购八二年版文集者。珍藏本今后不再重印,以昭郑重。

　　见到此书后,我忽然产生一种"万事大吉"感。据乡谚,这是不吉利的征兆。自此,我想默默退出文场。

　　即祝

新年全家快乐幸福!

孙犁

12 月 31 日

1993

建民同志:

　　又收到探询贱体的电话,甚为感念。

　　由于小女儿春节前住院,玉珍①又因家中有事,要多歇几

---

　　① 玉珍:孙犁家的保姆。

天,我正为今年春节发愁。结果外地两个女儿都于节前赶来,昨日才回去,证明发愁是不必要的。二女儿还给我带来一架收录机和一些老京剧音带。这对我还是新玩意儿,每天收听,并接待了所有来访的客人,以补过去两个春节的疏慢。所以说,这个春节还是过得不错的。

但写东西,确实是不想写了,这是证实我在前年给你信中的诺言,你是可以相信的。所有赠阅我报刊的地方,都已通知人家今年不要再赠送,意思就是没有稿件给他们了,也不便再白看人家的报刊。外面也没有稿子要刊登。只有《长城》今年第一期将发表我给赵县邢海潮(老同学)的四十多封信。

读书也谈不上。花山出版社送我一本日本僧人著的《入唐行记》,正在阅读,每天也只能读一二页。

祝

全家安好!

孙犁

1月30日

建民同志：

来信收到。关于不再写作的理由，我给你和平凹①的信中，都已经表示过多次。近来身体情况更不如前，就决定不再写了。

你抄的孔子的话②，他也只是说"欲无言"，其实也没实现，如果真的无言，我们就读不到《论语》了。可见无言是很不容易做到的，但言又是很难的，所以又有"有口难言"的谚语。

我一切如常，前几天又犯一次腹泻，身体又弱了一些。近已渐渐恢复。天暖后，会更好些，希勿念。

希望你多写些作品。

即祝

春安，并问荆扉和孩子好！

犁

2月10日

建民同志：

3月1日信收到。谢谢您和府上对我的关怀。"音响"没意

---

① 贾平凹：作家。

② 孙犁几次给我说，他不想再写文章，不想再说话了，我在信中以"子如无言，则小子何述焉"跟他开玩笑。

思，已不再听。当前的问题，是身体进一步恶化，消化严重不良，腹泻情况，亦有变异，身体更弱，心脏亦可虑。然近期仍不会如何，希勿念。

因此，不写东西，就是很自然的事了。我把你抄来的那段论语，写成一张大字条幅，装入镜框。偶有人来约稿，就指给他看看；他似懂不懂地，就不说什么了。

条幅后有小字跋语：癸酉年初，文集印成，余忽有搁笔之想。北京卫建民闻之，遂录此语以适吾意。呜呼，言与不言，两大难题。圣人所言，亦不过"欲无"而已，不然，何以尚有论语行世乎。

祝
全家安好！

孙犁

3月11日

建民同志：

昨晚玉珍转述电话，你如此惦记我，使我十分感动。

经过几日连续服药，腹泻已基本停止，现在只是身体太弱。

我劝您不要跑一趟。您来了,我就兴奋,说话多了,我又很累。过些日子,有别的机会再来吧。

即祝

全家安好!

孙犁

3月18日

建民同志:

《小说家》征求发表信件事,我没有同意。

一、我一直没有向该刊投过稿。

二、我现在病得很重,无力把信件全看一遍。

恐您不理解,特此解释一下。以后可另找刊物发表。

即祝

安好!

孙犁

5月8日

建民同志：

你每次电话，我都知道，很是感谢！

手术大伤元气，老年人恢复很慢，身体虚弱。但饮食情况大为改观，半年以后，可能平复，希勿念。

此次大病，全由我平时怕麻烦，不去医院，又无生理、病理常识。咎由自取，可谓惮小烦、贻大患也。

知挂念，简报如上。

即祝

近安！

孙犁

9月16日

建民同志：

收到来信，剪报读过了，仍寄您保存。

我病前病后，您如此关怀，跑来跑去，使我感动。

写作有很多困难。一是不看当前文学书报，不知道具体情况，不能随便瞎说。二是，病后所读之书，都是消遣性质。

这几天翻阅了《民国通俗演义》，及张伯驹、郑逸梅等的随笔，随看随忘，也写不出什么札记。又看了林纾的春觉斋论文及论画，觉得这人的文笔还不错。北京的中国书店，前些年出版了《林琴南文集》，价 3.05 元，请你方便时向该店问问，看还有存书否？如有可替我买一部。

　　即祝

近安，并问荆扉同志好！

孙犁

12月13日

建民同志：

　　中午收到您的信。我是读了林纾的春觉斋论文、论画，又在中国书店的图书目录上，见有他的文集，而且售价非常便宜，才临时写信，请您去问问有无存书。结果又浪费您几个小时，甚歉甚歉！

　　我当即读了您复制来的几篇"林文"——桐城味太浓，实在与他论画论文之作——言之有物者相反，兴趣顿减。想来他的文集，大都是这种文章，不必再去搜求了。

此人因能文能画,收入颇丰,有友人誉之为"造币厂"。室内有桌面二:一画画,一写作,交替而作。与人共译法国小说,那个人还没说完原文大意,他的译稿已画句号,文思敏捷如此!当《茶花女遗事》初入中国时,国人耳目为之一新,新潮汹涌,无可匹敌。他因此发了大财,亦时势造英雄也。——现趸现卖,我前几天读来的。

我还是乱翻一些书。近日又读中华书局前几年校释的两种佛经,只读前言和附录,正文读不下去。

天冷,早晨去阳台感冒了,连续服药,已经好些了。

即祝

冬安!

孙犁

12月23日

建民同志:

刚刚收到您的来信,所论林纾,甚是。

解放后,我逛天津早市,见到地摊上有全部林译小说,都是花花丽丽的封面,书很新。当时,我还没有想当藏书家的念头,失之交臂。听说,商务印书馆的起家,也仰仗林译小说的出版发行,而且中国之有版权,也从林译开始。商务另一发祥,为印制译本《圣经》。其影响中国文化,至巨且远,推本求源,亦不能不念及林纾矣!

我读书无计划,不知由何引起而读何书。例如您复制林文来,我忽然想起我也有一本《续古文观止》,找出读了两天,并把顾炎武转引的一句话:"士当以器识为先,一命为文人,无足观矣!"记在笔记本上。另外,从您寄来的古籍出版简报上,又记下苏轼的四句诗:"著书多暇真良计,从宦无功漫去乡;惟有王城最堪隐,万人如海一身藏!"

开卷有益。不知何时可触动情思,即爆发读书乐趣也。

另,前几天得到一本《阅微草堂砚谱》,是柳溪同志送来的。因为沧州要出《纪晓岚全集》,她叫我当一名顾问,念在老同志面上,我不好拒绝。纪是她的先祖。这本砚谱,听说卖得很贵,当顾问,居然可以白白拿一本,无怪有些人热心于"顾"也。

每砚都有铭,有的一铭再铭,文字多可观。查纪氏文集,这些砚铭都编入。另有他的一些小用具,如刀剪之类,均有铭文,从中可看出纪氏生活和文字的风格,较之皇皇大文,尤为明显,是可贵的古代小品!

　　因为大意,前几天在凉台受寒,感冒了,又因不慎,腹泻数次,都及时吃药,好了。看起来,人老抵抗力弱,无论怎样注意也难免出现变故。

　　祝
新年好!

孙犁

12月31日

1994

建民同志:

　　收到来信,相片照得不错。别人也给照过,病容更明显。

　　我想请您把我病后写给您的有关读书的信件,选抄几封(复制也可),你把文字看一下,删掉违碍不妥之处(得罪他人),直接寄给《文汇读书周报》陆灏①同志,他一直赠报给我,

---

　　① 陆灏:上海《文汇报》编辑。

我又写不出其他稿件。选好后,加一总题:读书通信。副题:寄卫建民。你看可行吗? 请斟酌。我一切如常,请勿念。

　　即祝
春节好!

孙犁

阴历正月初二

建民同志:

　　收到来信。如您所知,我青年时读书,局限性很大,一心只读革命书。每天啃哲学和政治经济学。布哈林的书,河上肇的书,中国陈豹隐的书,都很厚。文学方面,非左翼不读,这样就限制了自己的眼界。例如张恨水、包天笑、严独鹤、周瘦鹃这些人,只闻其名,不读其书,一律斥之为"鸳鸯蝴蝶"、"礼拜六",其实"礼拜六",不就是今天的"周末版"? 所以除了读过一本《啼笑因缘》外,这些人有什么著作,我也说不上来。周瘦鹃后来善做盆景,我倒听说过。现在老了,也不想补这一课了。

近日读书,还是拉蔓式:因《续古文观止》,又找出《顾亭林年谱》(清张穆);因年谱,又找出《归庄集》,也只是翻翻而已,都未细读。顾、归的文章,确是大家,而黄梨洲的文章,好像就不擅长。我有他的全集,前些日子,整理了一遍,看了看首尾,又放起来了。《续古文观止》,只选了他一篇,就很难读。

　　祝

冬安!

孙犁

1月11日

建民同志:

　　信及明信片,同时收阅。所示书籍,有的有,有的不想看,不必寄我。

　　我近来的工作:每天站在书柜前,观察包扎旧书的报纸,如有的太脏太旧,则取出重新包之。换下的旧报纸,多为1974年,其上文字多为"批林批孔",已成历史文献,偶尔读一些,啼笑皆非。当然,也翻翻所包的书。最近,因找出一部民国十八年商务所印《南明野史》（线装三册，本名《明末五小史》，朱希祖考订，纸白，字大），看了半本，就又想起我曾买过不少南明史料，都未细读，随即又转到排印本书柜前。好在都捆在一起，是《小腆纪年》等共十余种，这两天就又看起李自成、张献忠的故事。这些史料，也只能当故事看，例如一种叫《纪事略》的史料，结尾竟是：从此滇黔道上，添许多杀人放火的魔君；六诏城中，出一个盗名僭号的假主。后事尚多，另文分解，云云。

另外，铅印平装或精装，立着放久了，书顶即变黑，整治之法：用细砂纸打磨之，就干净多了。我近用此法，整修商务旧版书多种，颇为得意，也证明我爱书之情，至死不渝。你忙，不必回信。

祝

冬安！

孙犁

1月20日

建民同志：

其实，现在整理书籍，仍然是无聊性质，非此不足解烦忧，所以也谈不上你说的"宁静"。

明末野史，据说共有三百余种，清道光年间，徐鼒所著《小腆纪年》(中华五七年排印本)参考了六十二种，号称丰富。我这次，就集中精神，读了这部书(姊妹篇为《小腆纪传》)，也只读了二百来页，就又放下了。不过，这已经打破近年读书纪录。我已很难读这么多页的书了。

汇编的书，我有《荆驼逸史》，石印线装本，包括史料五十余种，共十六册，两函。尚有商务排印线装本《痛史》，包括史料近三十种，线装两函。此外，商务国学基本丛书《明季稗史初编》，所收亦十余种，总计也不下"六十二种"之数了。但是，徐氏的书，研究者都以为是完善的明末史记。纪年是"纲目"体，叙事详明。

李、张戎马一生，迅速消亡，其部下孙可望、李定国、刘文秀等都有改弦更张，建立一个根据地的想法。但时事已不同，故亦失败。明末清初，的确是一个大动乱的时代，知识分子很难应付得当,非死即降。像钱谦益、吴伟业这些人,是很狼狈的,而顾炎武和归庄却能活下来,是各有各的特殊能力和办法,实在不容易想象了。

　　祝

冬安!

孙犁

1月27日

建民同志:

　　《文汇读书周报》已见到,版式很好,您又耗费不少精神,该报校对也好,只错了一个"蔓"字。

　　我如常。近日写一点关于画论的读书笔记,已写成六节,约六千字。

　　即祝

春安!

孙犁

3月12日

建民同志：

电话、贺电均收到，甚为感谢！

三月份情绪好，做了些事。四月份有些干扰，情绪大落，什么也干不成。不过身体不错，已经能下楼活动。昨天生日，吃炸酱面一碗，还是一个人。情绪好转后，还想写点东西。

即祝

近安！

孙犁

5月17日

建民同志：

好久未通音问，不知您近来身体、工作如何？

我自四月份以来，身体、精神，总觉不太好，什么事也做不成，也没有发现什么大症状，每天早上还能下楼活动半个多小时。

天津一直闷热，这恐怕也是一个原因。书也看不下去，《民国演义》第一册还没看完一半。我不喜欢这种书，但其他的书也读不进去，一本孙过庭的书谱，读了好几个月，也未读完。是笺证本。

每晚听评书，已听完两部，现正听《隋唐演义》。这小说，我买过，没读就送给别人了。

太热，不多叙。

即祝

全家安好！

孙犁

6月28日

附抄书一纸①

建民同志：

信、书都收到，甚为感谢！书虽是前几年出版，但很干净，没有修整，就包上书皮读起来了。这本书，②对我还真有用：我写了读画论记以后，因有些论点，是信口开河，颇虑有误。及读张氏言论，如隋唐宋五代画史，乃知无大错，心得以安。

---

① 孙犁用楷书抄杜甫诗二首，随信寄我。
② 《张大千生平和艺术》我在旧书店廉价购二册，送给孙犁一册。

你正在准备考试，①不多谈。

即祝

夏安！

孙犁

7月12日

建民同志：

您好！前寄来书信，均收见，甚感。您的考试结果如何，望便中见告。我近来整理一些文稿，并已寄《新民》《羊城》各一，均系见到仍在受攻，气愤而作，实在无聊，亦不知能刊出否？

兹有一事相托：《中国林业报》有一青年，名叫段华，两个月以前，我曾嘱他，把我写给他的有关读书的信札，依照您上次做法，寄给《读书周报》你上次与之联系的编辑。他已经寄

---

① 是年夏，我参加全国新闻出版系列职称考试。

去,但从此就得不到段华的信,稿件亦未见刊出(信没有多少内容,不用没有关系)。请您便中打电话问问那位编辑此稿处理经过,好吗?(不是希望刊用)。

我身体还好,这两天写了一些文艺经历之类的稿子,言语过激,恐怕不行。已得五千字。

最近你们刊物上,李锐①《谈苦瓜》写得很好。

即祝

全家安好!

孙犁

8月23日

建民同志:

来信收到,甚为感谢!

目前,您的工作,事情不多,有时间读书写作,已经算是不错;至于人事,到处一样。骑马找马吧,不必心烦。

———————————

① 李锐:曾任水电部副部长、毛泽东通讯秘书、中央组织部副部长。我当年在《中国烹饪》杂志当编辑,向李约稿,李写了《谈苦瓜》,内容涉及20世纪40年代的延安窑洞生活。

我仍继续写文章,信笔直书,自觉:如果发表,则不只四面树敌,而是八面树敌。所以,也是写写放放。发出去的两篇,也是给编辑出难题,结果不得而知。

　　即问

全家安好!

孙犁

8月30日

建民同志:

　　来信收悉,您的意见很好。

　　老年为文,我何曾不深思! 然屡次受刺激,则忍耐不住。《新民》《羊城》发的两篇,都是旧作,您看过的,稍为调整。近日又新作一万字,择其可发者,成为四篇,总题为《文场亲历记摘抄》。

　　即祝

近安!

孙犁

9月5日

建民同志：

前后来信均收到。

新写的稿子，已全部寄出，大约一共是六篇：《新民》三，《羊城》二，《人民》一。有的很无聊。至此告一段落，此后别人如何说，只当充耳不闻罢了。

您在《文汇读书周报》上写的买书小文，我都看了，很有趣。琉璃厂买书，历史上不断有"记"，您的文章，也属于此类。

我已经很久不读书了，最近连个题目也没有，实在可叹！

即祝

近安！

孙犁

10月5日

建民同志：

久未通信，不知您近来身体、工作如何？

值此新年将届之际，谨向您的全家，致以节日的祝贺！

我一切如常！身体尚可。但究竟是老了，要随时注意。

从九月份以来，只字未写，空空度过。每日仍以整理旧书为业，给它们做一个简易书套；高兴也在上面写些文字，但只限于书的来源、版本、价目等，俟以后辑录。

　　即祝

新年好！

孙犁

12月16日

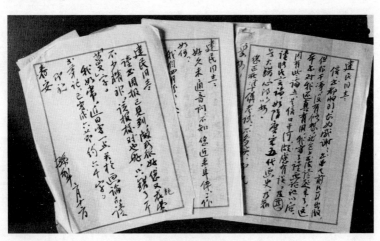

孙犁致卫建民信

1995

建民同志：

收到来信。工作不顺利，变变方式也好。

现已天寒，俟春暖后，离京走走。看来古人所说行万里路，是很有道理的。我进城后，本来很有条件各处走走，但因我患有神经衰弱之症，艰于旅行，致失良机。那时各地都有熟人，都在位上，吃好玩好，都不成问题，可惜我一点精神都没有；有人邀请，还要拒绝。那种优越不会再来，也不复存在。每念及此，为之三叹！

近来还是什么也做不下去，主要是睡眠不好，精力难得补充。

即祝

全家安好！

孙犁

1月2日

（这是孙犁给我的最后一封信。这一年，孙犁病重，彻底停止了文学创作，亦无力再与外部联系。——卫建民注）